 # Storie Fantastiche#

Francesca De Angelis

Missione Libertà

PAV
EDIZIONI

PAV edizioni
Missione Libertà
di: Francesca De Angelis

Management editoriale: Pietro Molinaro
Coordinamento editoriale: Aurora Di Giuseppe
Direttore editoriale: Vincenzo Mazza

Cover Graphics:
LaB. Studios '15
Stampa:
Gruppo PAV Lab.
Art work e impaginazione:
Vincenzo Mazza

Realizzazione editoriale
a cura di PAV edizioni

Associazione Culturale
Sede operativa Roma
Prima edizione: novembre 2019©
pav.edizioni1@gmail.com

Questo libro è dedicato a tutti i bambini del mondo perché sono magici e meravigliosi come la natura stessa.

I Grandi Protagonisti di questa storia...

LARDO

BILL

CI
LAZZARO
RICK
SPIDERMAN
DRAGHI
PALLINO
GUGLIELMINA

IL GRANDE GIORNO

Non era passata che una notte stellata, da quando un sole rosso rubino fece capolino in cielo, illuminando con il suo rutilante splendore una mattina di fine agosto che si preannunciava frizzante e profumata. Le foglie smeraldine degli alberi rigogliosi, brillavano argentee alla luce del giorno, cercando di godersi i generosi raggi del sole estivo prima che l'autunno ormai alle porte, lasciasse il posto alla nebbia, al vento e alla pioggia battente.
Gli animali della fattoria del vecchio Jacob, che si estendeva imponente e maestosa lungo la vallata, erano in procinto di alzarsi, come sempre di buon'ora, per dare il benvenuto al nuovo giorno.
Bill, il cane da guardia della fattoria, un bestione dal corto pelo nero, grosso quanto un vitello appena svezzato, sbadigliò vistosamente e, aperti gli enormi occhi, simili a supernove appena esplose, si diresse verso la sua ciotola preferita, con pensieri di gratitudine nei confronti del padrone che l'aveva riempita fino all'orlo di prelibati manicaretti. Gli era molto cara quella ciotola di terracotta, grande quanto una pentola a pressione e con pappagalli dalle penne multicolori incisi sui fianchi; era l'unico ricordo della sua infanzia e della sua vera madre; o almeno, era ciò che sospettava.
Bill, infatti, non aveva quasi nessun ricordo del suo passato; era stato trovato in una pietraia, dopo una notte di temporale; una tempesta storica che aveva annaffiato la valle e ridato vita ai secchi ruscelli che si trovavano a nord del Bosco della Cerva.
Nonostante all'epoca fosse solo un cucciolo, ricor-

dava bene quella mattina di primavera, l'aria fresca, il cielo terso e il turbinio di profumi e di colori, che risvegliati dalla pioggia indomabile, l'avevano circondato. E soprattutto, l'espressione di incredulità che si era dipinta sul viso del vecchio Jacob.
Tirandolo su dal suo giaciglio, il fattore lo aveva osservato perplesso per cinque minuti; si era poi guardato intorno a lungo, nel tentativo di capire da dove poteva essere sbucato quello scuro e simpatico batuffolo. Non trovando altro che quella vecchia ciotola, aveva abbozzato un sorriso e, raccolti entrambi, li aveva portati via con sé.
La padrona, dopo lo sgomento e i brontolii iniziali, si placò e decise di accettare la richiesta del marito; dal momento che il loro cane da guardia, un mastino maremmano di nome Socrate che, nonostante l'indole burbera, sapeva essere gentile e comprensivo, era già in avanti con gli anni e la sua vista non era più in condizioni ottimali, decise che non appena fosse giunto il momento, il nuovo cane, rapidamente battezzato con il nome di Bill, ne avrebbe preso il posto.
Non si era mai saputo circa la razza canina alla quale Bill apparteneva. Sulle cime delle montagne limitrofe, dove il vento soffiava impetuoso e le nevicate non si facevano mai desiderare, c'erano diversi animali che ancora oggi lo consideravano alla stessa stregua di un mito. Si mormorava che fosse giunto direttamente dal cielo, che provenisse da un'antica razza di cani dotati di poteri straordinari e dalla forza illimitata. Era pur vero che la sua stazza era anomala per un cane, anche per uno di quelli molto grossi, ma Bill si ritrovava spesso a ridere di queste

congetture.
Per fortuna, nessuna delle voci e delle supposizioni su di lui presentavano una connotazione negativa.
La sua infanzia, quindi, o almeno il periodo di questa nella casa dell'anziano fattore, era trascorsa in maniera piacevole e innocente. E solo a ripensarci, era investito da un fiume irrefrenabile di nostalgia; le raccomandazioni di nonna Elvira, una vecchia cagna che lo aveva allevato, le notti passate a sognare vegliato dal cielo stellato, le lezioni tenute da Socrate che, nonostante la vecchiaia, gli aveva insegnato a cacciare e a fiutare. Le "gite scolastiche", che occupavano un posto d'onore nel suo cuore, che altro non erano che interminabili passeggiate per i boschi, dove Socrate gli spiegava le differenze fondamentali fra i funghi commestibili e quelli che "ti avrebbero mandato subito nel paradiso canino", le orme dei lupi, come distinguere una tana di volpe da quella di un moscardino, gli alberi sempreverdi, il modo di librarsi delle varie specie di uccelli; Asclepio, un vecchio e saggio gufo, esperto in scienza e medicina che veniva spesso convocato da Socrate per parlare alla "classe". Bill aveva presto fatto amicizia con sua nipote Guglielmina, un gufo femmina, dotata dello stesso carattere risoluto del nonno, con cui condivideva l'ampia cultura. Ricordava ancora le passeggiate assieme a lei, le sfide e la lotta amichevole fra cielo e terra che rappresentavano silenziosamente.
Quando poi fu il momento di passare il testimone, ripensava alle parole di Socrate e al suo fioco ammonimento, che ancora oggi riecheggiava per la valle e, guidato dai buoni venti verso le montagne implacabili, si infrangeva contro i picchi innevati,

per poi riproporsi in minuti cristalli: "Anche oggi ti incamminerai lungo la strada della vita, ma al tuo fianco non troverai più le mie impronte; che la stima e la speranza che ho nutrito per l'uomo e la natura vivano attraverso di te. Possa questa fattoria divenire un faro per ogni animale bisognoso di luce".
Indimenticabile poi, l'espressione sul viso di Asclepio, mentre posava una coperta sul corpo ormai esanime del suo saggio e migliore amico; nel piglio duro ma giusto, Bill aveva letto dolore, lutto e rabbia, ma anche quell'inequivocabile fiamma, che solo coloro che hanno conosciuto l'amicizia vera, possono esibire.
Bill aveva chinato il capo in segno di rispetto e quando vide il suo maestro essere portato via per non fare più ritorno, lacrime di orgoglio e devozione avevano preso a bruciargli negli occhi di fuoco. Quella scintilla aveva dato luogo a un incendio di emozioni che da quel momento in avanti lo avevano guidato nelle sue scelte e nelle modalità con cui si prendeva cura della fattoria e dei suoi abitanti.
Tuttavia, quella mattina non era adatta alle rimembranze; era il giorno che Bill aveva atteso con ansia. Il giorno in cui il padrone, dopo discussioni varie, si sarebbe recato in un allevamento appena fuori città, al fine di adottare un nuovo cane. Un nuovo destino era in procinto di compiersi.
Bill, forte nella sua cocciutaggine, si era convinto che la nuova recluta fosse in possesso di caratteristiche eccezionali, se aveva sollecitato anche solo di poco l'interesse del padrone. Era convinto che il destino del nuovo membro fosse quello di aiutarlo nel suo lavoro come cane da guardia e la cosa gli

faceva davvero piacere. Così, dopo essersi lasciato andare a ottimistiche fantasie circa le straordinarie doti del nuovo amico, aveva iniziato una dura campagna per apporre delle migliorie; niente di eccezionale, semplicemente qualche pulizia qua e là.
Aveva infatti strappato le erbacce, rassettato il cortile, aiutato Paul il gallo a tenere il più pulito possibile il pollaio e dato una mano al padrone, quando alcune settimane prima si era cimentato nella costruzione di una nuova cuccia. Andava inoltre particolarmente fiero del regalo di benvenuto che aveva ottenuto grazie ad alcune collaborazioni. Si trattava di un osso gigantesco su cui era stato applicato un fiocco di velluto rosso ciliegia, miracolosamente trovato in garage.
Un brontolio sommesso lo scosse dai suoi pensieri; Paul il gallo, un volatile dal colore infausto ma dotato di un vocione prorompente, si diresse barcollando leggermente nel punto più alto del cortile. Schiarendosi vistosamente la gola e sistemandosi le penne arruffate dalle ore di sonno, si esibì in un canto spacca timpani, destando non solo gli animali della fattoria, ma anche i loro vicini.
«Come mai sei già in piedi?» gli chiese Paul con fare sarcastico, atterrando a qualche metro di distanza dalla zona occupata dal cane. «Non sei riuscito a dormire?».
Il cane fece roteare gli occhi. L'avere a che fare con una figlia adolescente, una moglie asceta e un pulcino chiassoso che combinava più guai di un cinghiale inferocito, lo aveva dotato di un triste umorismo. Difetto comunque passabile, se si contava la furbizia che riusciva a tirar fuori nei momenti critici.

«Controllavo che fosse tutto in ordine», replicò il cane, ignorando la fiacca battuta. «E che il regalo fosse ancora dov'era fino a ieri!».
«Se Beatrice non lo ha messo a posto da qualche parte, credo che tu non abbia avuto problemi nel ritrovarlo», replicò, prendendo di mira la mania che aveva sua moglie nello spostare oggetti in luoghi a suo dire, più consoni. A quel punto, il regalo sarebbe facilmente diventato materiale da riciclo.
«Sei emozionato?» gli chiese in un soffio.
«Non essere ridicolo», mentì il cane. «Sto solo cercando di fare una buona impressione; la nostra fattoria gode di un'ottima fama, prevalentemente grazie al lavoro di noi animali. Perdere credibilità non gioverebbe a nessuno. Voglio metterlo a suo agio. Farlo sentire il benvenuto, lo aiuterà ad ambientarsi più in fretta».
«Sono certo che rimarrà soddisfatto», annuì il gallo, guardandosi intorno compiaciuto. «Quando arriveranno gli altri?».
Il cane non rispose subito. Per dare ancora più solennità al momento, aveva invitato molti amici e tra i partecipanti, figurava anche sua nonna Elvira. Era stata avvisata anche una vecchia capra, Tina, un colosso intramontabile, unica rimasta fra quelle che un tempo avevano popolato la fattoria a est, dove la nonna aveva lavorato come cane da guardia; ora ridotta in uno stato pietoso e inutile per il sostentamento umano, era comunque abbastanza solida perché la nonna e Tina potessero trascorrere serenamente la loro vecchiaia.
«Non credo che tarderanno», mormorò Bill pensieroso. «Il padrone ha in programma di partire per

l'allevamento allo scoccare delle otto. Per le undici sarà di ritorno e per allora saranno arrivati tutti».
«Ottimo», convenne Paul.
«La tua famiglia?» chiese il cane, immaginando una risposta assurda.
«Beatrice sta facendo yoga, mia figlia Malvina si sta truccando», rispose il gallo con noncuranza, come se una gallina hippie e un'altra con la fissa per i rossetti, fossero la cosa più normale del mondo. «E Giuseppe invece...be', la giornata non è nemmeno iniziata e ha già piantato un capriccio».
«Ovvero?» chiese il cane, tenendo d'occhio il portone, pronto a rizzarsi in piedi al minimo cigolio.
«Pallino gli ha fatto vedere un programma assai diseducativo», replicò il gallo. «C'erano degli strani blocchi di plastica colorata. Alcuni bambini si divertivano a incastrarli l'uno sull'altro a mo' di grattacielo».
«Il Lego?» chiese Bill. «Una volta ci giocava anche il figlio del padrone. Per quel che ne so non sono diseducativi, gli umani li trovano divertenti e utili».
«Sarà», rispose il gallo scettico. «Comunque Giuseppe non è un umano, è un pulcino e deve comportarsi come tale».
«Non è vero!» esclamò una voce stridula e stentorea, che riecheggiò prepotentemente per il cortile.
Pallino, la cinciallegra brontolona, membro onorario della fattoria da diversi anni, si dirigeva verso di loro con decisi colpi d'ala; il cipiglio severo che lo caratterizzava era leggermente stemperato dagli occhi cisposi per il sonno.
«Non dare la colpa a me, Paul!» esclamò, cercando di discolparsi. «Il ragazzo è molto in gamba e se vuole giocare con il Lego significa che ha cervello!».

«È la stessa cosa che hai detto tu quando hai trovato il servizio della tombola in cantina», ribatté Bill, scuotendo la testa.
«Giocare a tombola mi ha aperto gli occhi», replicò l'uccellino in tono spiccio.
«Su che cosa?» chiese Paul sornione.
«Lo sai su che cosa!» replicò decisa la cinciallegra. «Perché fate sempre finta di non capire?».
«Perché è ridicolo», replicò Bill, socchiudendo gli occhi.
«Non lo è!» brontolò la cinciallegra. «Se ogni tanto vi prendeste la briga di sfogliare un libro, invece di pensare solo alle strategie di difesa», il suo sguardo si posò su Bill «e a fare le uova», Paul venne trafitto da quei testardi occhietti di ossidiana. «Imparereste molte cose!».
«I galli non fanno le uova», ribatté prontamente Paul, con un sorriso sarcastico. «Sono maschi».
«È lo stesso!» esclamò Pallino arrossendo leggermente, impossibilitato com'era a nascondere la frittata appena fatta.
«Pallino», esordì Bill con un sospiro, come se stesse cercando di spiegare a un bambino di due anni, che mettersi in bocca i tappi dei pennarelli non fa per niente bene allo stomaco. «Te lo abbiamo detto cento volte. Ficcatelo in quella testa dura che ti ritrovi a dover portare sulle spalle. Non Esistono!».
«Esistono, invece!» replicò la cinciallegra stizzita. «Ho da poco scoperto che per riuscire a procurarsi un numero maggiore di prede, hanno anche la capacità di rendersi invisibili».
«Oh benedetto Albume!» esclamò Paul, prendendosi la testa fra le ali.

Ciò a cui si riferiva Pallino, non aveva nulla a che fare con gli affari della fattoria, anzi sarebbe stato meglio dire che non aveva nulla a che fare con il mondo reale. Era successo in maniera del tutto impercettibile, per poi diventare patologico: Pallino, una cinciallegra ormai adulta, credeva ciecamente e senza la minima parvenza di dubbi, nell'esistenza dei draghi. Era convinto che le loro vite non appartenessero solo al mondo della fantasia, ma che fossero una realtà tangibile. Credeva che dimorassero nel sottosuolo a protezione dei tesori proibiti al genere umano; che esistessero draghi acquatici, in quest'ultimo caso, l'aver visto la celebre fotografia del presunto mostro di Lochness, non aveva fatto altro che alimentare le sue già ferree condizioni; era sempre a caccia degli articoli di giornale e di trasmissioni televisive a essi dedicati e non perdeva occasione per raccontare agli amici le sue ultime scoperte; temeva che un pericoloso drago dimorasse nascosto in quella stessa valle e che aspettasse il tramonto per uscire allo scoperto, cosa che lo rendeva assai restio a lasciare il nido nelle ore pomeridiane. Evitava qualunque luogo a lui sconosciuto, se prima non gli era stato assicurato da Guglielmina, uno dei pochi uccelli di cui si fidava, che fosse sgombro dai suoi mostri alati. Una volta, addirittura, si era rifiutato di dare indicazioni a un topolino perché convinto fortemente che avesse a che fare con loro: il motivo era stato sempre avvolto da un'aura di fosco mistero, ma Bill non ci teneva per niente a scoprirlo.
In quanto insettivoro, avrebbe dovuto cibarsi di insetti, ma preferiva di gran lunga briciole di pane, biscotti e frutta secca. Non disdegnava, però, le mo-

sche e questa sua ultima passione era nota in tutta la valle. Di conseguenza, questi insetti avrebbero preferito lottare contro un legionario romano, piuttosto che mettere piede nella fattoria di Jacob. Questo lo rendeva ancora più irritabile, ma aveva inavvertitamente giovato alla compagnia. I casali di tutta la regione, che nelle sere d'estate erano assediati da questi esseri ronzanti e proverbialmente fastidiosi, rimanevano meravigliati dal silenzio che caratterizzava le stanze che componevano quello del padrone di Bill.
Per quanto riguardava le dicerie sul conto di quest'ultimo, in un primo momento ci aveva creduto; era convinto che si trattasse di un Messia Canide, una creatura fra il fiabesco e il mitologico, che avrebbe segnato l'inizio di un'era di pace. Tuttavia, conoscendolo e resosi conto che si trattava di un normale animale, seppur di dimensioni non convenzionali, aveva messo da parte questa teoria.
Insomma, era una bella sfida averlo con loro.
Da quando, poi, aveva scoperto la passione per i giochi da tavolo, in particolare per la Tombola, costringeva i suoi amici animali a giocarci. Ogni Natale, l'intero gruppo, le esclusioni erano a sua completa discrezione, era obbligato a sedersi in circolo e a partecipare a una decina di sessioni intensive di Tombola; tuttavia, era piuttosto sfortunato e sebbene gli amici facessero di tutto per farlo vincere e liberarsi così della sua assillante smania, assai raramente riuscivano a fargli ottenere i tanti agognati premi. Per il prossimo Natale, Bill aveva in programma di truccare le schede e fargli credere che la sua vittoria fosse del tutto meritata, anche se non

sapeva ancora come riuscirci.
«E non solo», continuò cinciallegra, «dovete sapere che le loro uova sono piccole come le nostre. C'è il rischio che un qualche uccellino le scambi per le sue e inizi a covare uova di drago!».
«Pallino, queste cose succedono solo con il cuculo», cercò di farlo ragionare Paul. «Non bisogna preoccuparsi. Anche Betsabeo il Babbeo sa come distinguere le sue uova da quelle degli altri».
«Non è così semplice e Betsabeo il Babbeo non depone uova da secoli!» lo rimbeccò la cinciallegra, citando la leggenda di un vecchio maschio di allocco, preso in esempio da ogni volatile per esprimere la stupidità. «Comunque, invece di rimproverarmi, dovreste essere contenti che io mi faccia carico della vostra incolumità. I draghi non sono nostri amici e il giorno in cui si faranno vedere, vi pentirete di non avermi creduto!».
«Parlando di incolumità», esordì Bill, sperando con tutto il cuore di riuscire a cambiare argomento. Stare a sentire le assurdità di Pallino era sfiancante anche per un cane come lui. «Secondo te, il nuovo arrivato apprezzerà il nostro regalo?».
«È vero», replicò la cinciallegra lentamente, dimostrando la buona riuscita dei propositi di Bill. «Arriverà stamattina». Paul annuì.
«Cosa abbiamo come regalo di benvenuto?» chiese la cinciallegra, con una puntina d'invidia. A ogni ricorrenza pretendeva regali impossibili. A Natale aveva chiesto un telefonino, per il suo compleanno una radio e l'anno prima ancora, un anello con sopra montato uno smeraldo grosso quanto un seme di albicocca. Lo aveva visto in una televendita e si era

convinto che doveva trattarsi di un elaborato dispositivo che i draghi utilizzano per comunicare fra loro.
«Un osso», replicò Bill.
«Come sei banale!» fu il commento del caparbio uccellino. «Io avrei optato per qualcosa di più utile».
«Per esempio?» chiese il gallo, in tono vago. Avrebbe considerato la giornata inutile e fin troppo noiosa, se non avesse sentito Pallino dire o fare qualcosa di assurdo. Dopo gli aggiornamenti sui suoi mostri alati, doveva necessariamente interdirli con qualcosa di ancora più agghiacciante.
«Un lanciafiamme!» rispose dunque il fantasioso uccellino, mandando così a gambe all'aria la prospettiva di una giornata inutile e noiosa. «Ti permette di difendere i tuoi cari senza rischiare la pelle, tiene lontani i tassi senza problemi, riesci a dormire la notte senza il pensiero degli invasori...».
«Ma soprattutto, ti permette di cucinare arrosto di cinciallegra risparmiando un sacco sulla bolletta del gas!» completò Paul, con un sorrisone.
«Mi hai fatto una domanda e io ho risposto!» si difese l'uccellino, indispettito. «E poi...».
«Buongiorno ragazzi», li salutò una voce alta e chiara. «Una splendida giornata, non trovate?».
Lo scarno gruppo di animali si girò a guardare.
A prendere la parola era stato Lardo, un gatto il cui nome era palesemente collegato alla sua stazza.
Indossava la benda color ocra, che gli copriva malamente l'occhio guasto ed esibiva il suo sguardo più enigmatico. Nei suoi confronti, Bill provava un sentimento di amore/diffidenza, quest'ultima forse a causa dell'istinto naturale che porta i cani a essere in conflitto coi gatti. D'altra parte nutriva una

profonda stima nei suoi riguardi; Lardo era un genio della pittura e della meccanica di precisione. Invece che andarsene in giro a tormentare topi e uccellini, attività poco gettonata da un gatto nato e cresciuto in casa, aveva diversi hobby, fra i quali spiccavano la costruzione di armi e la creazione di mappe dal tratto pregiato. Era stato lui a dotare la compagnia di una mappa perfetta, che era servita a Bill per individuare il nascondiglio estivo dei tassi.
«Oggi è una giornata speciale, giusto?» chiese, passeggiando agilmente lungo la ringhiera del terrazzo più in basso. «La nuova recluta è in arrivo?».
«Il padrone non si è ancora fatto vedere», rispose Bill laconico, gettando di nuovo uno sguardo al portone d'ingresso. «Ma non credo che si farà attendere».
«Papà, papà!» trillò una voce femminile, che poi si scoprì appartenere a Malvina, che seguita da Giuseppe e da Beatrice, prese a correre per il cortile come in preda a una crisi isterica.
«È qui? È qui?» chiese, saltellando e investendo Pallino, dal quale si beccò una protesta indignata.
«Come sto?» chiese a Bill, sistemandosi nervosamente le piume. «Non hai idea di quanto io sia emozionata!».
«Malvina calmati, ok?» le disse sua madre. «Respira a fondo, tesoro. Lascia che i tuoi chakra si connettano al Grande Spirito e abbraccino la tranquillità».
Il Grande Spirito, così come Beatrice e i suoi amici hippie amavano denominare il sommo protettore del cosmo, doveva essere in ferie quel giorno. La gallinella infatti le ubbidì, ma seppur animata dalle migliori intenzioni, il suo respiro sembrò quello di un atleta dopo una corsa a ostacoli. I chakra dell'ansia

rimasero dunque aperti, così da impedire il passaggio di ogni pensiero vagamente rilassato.
«Ma quando arriva!» esclamò il piccolo Giuseppe impaziente, spargendo involontariamente piume gialle per ogni dove.
«Ragazzi per favore, niente panico», disse Beatrice, con un'ala posata sulla spalla del marito. «Non c'è niente per cui essere agitati, vero caro?».
«Sì, cara», replicò Paul, tossendo sonoramente. Gli incensi asfissianti che Beatrice usava per fare yoga erano troppo per le sue narici tradizionaliste.
«Ehilà, brava gente!» esclamò Rick il riccio, avvicinandosi. Era anche lui un membro onorario e ora che l'autunno si avvicinava e con esso il periodo del letargo, cercava di passare più tempo possibile all'aperto. Rick era un grande appassionato di fumetti, serie tv, libri e videogiochi; non perdeva occasione per citare aforismi e massime presi dai suoi libri e serie televisive preferite, che inutile a dirsi, nessuno riusciva a comprendere.
«Cavolo, ragazzi», fece, asciugandosi il sudore dalla fronte, con un fazzoletto rosa orlato di pizzo. «Che ansia! Non mi sentivo così dall'ultima convention de "Il Signore degli Anelli"».
«Sei stato alla convention de "Il Signore degli Anelli"?» chiese Pallino, con fare polemico.
«Sì!»
«E non mi hai portato con te?» chiese l'insettivoro, alzando di poco la voce ed enfatizzando la sua irritazione.
«Pallino, siamo andati insieme», disse Rick, allargando le zampe anteriori e aggrottando le sopracciglia. «Non ti ricordi?».

«No!» esclamò Pallino cocciuto.
«Ma sì, dai», replicò il riccio, per spronarlo. «Ti ricordi che hai litigato con quei gabbiani perché credevi fossero due draghi travestiti?».
Bill alzò gli occhi al cielo.
La cincia scosse la testa con petulanza.
«E il costume da Gandalf che volevi?» chiese ancora Rick. «Quello te lo ricorderai spero!».
«Mi ricordo di averti chiesto di regalarmelo», replicò la cinciallegra, pronta a tutto per evitare che si spargesse la voce su una sua precoce perdita di memoria. «Ma nascondendoti dietro la tua solita tirchieria, ti sei rifiutato di comprare un abito elegante e pratico a un amico fantastico come me! Complimenti Rick!».
Il riccio fece roteare gli occhi in segno di resa.
«Be', un vestito da Gandalf mi sarebbe piaciuto», fece Lardo, in tono svagato. «Avrebbe sicuramente accentuato la mia saggezza».
«Avrebbe accentuato la tua senilità, piuttosto», lo canzonò Paul.
«Senti chi parla!» esclamò il gatto. «Se solo invidioso della mia silhouette».
«Ce ne vuole per essere gelosi della tua silhouette», replicò Malvina, dandosi un'ultima passata di rossetto. «Forse un elefante».
«Malvina», la rimproverò sua madre.
«Che c'è!».
«Basta con queste sciocchezze, ragazzi», li ammonì Bill. «Non è il momento di discutere, vi ricordo che questa non è una mattina come tutte le altre! E non so voi, ma io ci tengo a fare bella figura!».
«Stavo appunto per dire...», Paul fu impossibilitato a

terminare la frase. Si udirono distintamente una voce di uomo, quella di una donna, dei passi pesanti e il portone aprirsi per poi richiudersi sonoramente.
«Presto», sussurrò Bill, concitato. «Comportatevi naturalmente».
Il gruppo di animali si disperse in un battibaleno.
Bill spinse Lardo nello stanzino adiacente la legnaia e ignorando le sue proteste sussurrate, lo chiuse dentro senza troppi complimenti. Osservò il padrone attraversare il cortile, fingendo di leccare i resti della colazione appiccicati al bordo della ciotola. Il fattore entrò nel garage e una volta messo in moto il furgoncino, partì alla volta dell'allevamento.
Il cane lo osservò percorrere la salita, fermarsi per controllare la strada, per poi ripartire e sparire dietro una curva; fu allora che Bill lasciò andare il respiro.
«È fatta», fece Paul, mentre riprendeva la sua postazione iniziale assieme agli altri. Lardo uscì dallo stanzino facendo involontariamente sbattere la porta contro il muro.
«Come hai osato chiudermi lì dentro!» esclamò il gatto urtato. «Per chi mi ha preso, per una damigiana?».
«Lardo, era per la nostra e soprattutto per la tua sicurezza!» ribatté Bill, sospirando e utilizzando un tono pragmatico che fece infuriare ancora di più il felino.
«Quindi rinchiudermi al buio, in luogo infestato dai peggiori parassiti che abitano questo mondo, per te sarebbe tenermi al sicuro?» chiese il gatto sarcastico.
«Enrico e Adella sono simpatici», osservò Rick, citando la coppia di cervi volanti abitanti lo stanzino, che aiutati dai loro innumerevoli figli, si davano a

bizzarre e immangiabili creazioni gastronomiche. Una volta avevano anche aperto un ristorante “Le Comari Cetonie, cucina casareccia”. Era rimasto attivo per circa un mese, ma poi avevano dovuto chiudere per mancanza di clientela. Inutile a dirlo ma Bill, ospite d’onore durante l’inaugurazione, si era sentito male dopo aver assaggiato mezza porzione di quella che Adella aveva chiamato “supplì di macrofillus”, un bislacco miscuglio di pomodori giganteschi, ripieni di una sconosciuta e terrificante salsa verde metallico.
«Non m’interessa!» esclamò Lardo.
«Il padrone non deve sospettare, lo sai» gli rispose Bill, sbadigliando. «Gli umani vanno fieri della loro superiorità; credono di essere gli unici detentori della verità e fanno fatica ad accettare il contrario. Socrate lo diceva sempre “Gli animali sono tutto ciò che resta della purezza universale e hanno quella scintilla di divino che gli esseri umani non sono ancora arrivati a possedere”».
«Sciocchezze! Il nostro padrone non è come gli altri!» esclamò il gatto, con voce roca e tossendo aspramente. «Volevi solo farmi un dispetto, confessa!».
Bill aprì la bocca. Avrebbe voluto far notare al gatto l’evidenza e cioè che il responsabile degli scherzi di cui erano vittima gli animali della fattoria era quasi sempre lui; erano scherzi stupidi, che non facevano piangere nessuno, ma adun gatto come lui, che spremeva ogni suo neurone sulla meccanica di precisione, non rimaneva molta fantasia per le burle. Comunque, Bill decise di sorvolare. Non aveva voglia di discutere, non quel giorno.
Il cane e i suoi amici attesero il ritorno del padrone

sistemando il cortile, aiutando Malvina a disporre dei fiori di benvenuto e giocato a morra cinese per decidere chi fra di loro sarebbe andato a svegliare Nino, il maiale schizzinoso che dimorava in un piccolo antro vicino al pollaio, denominato scherzosamente "Suite Imperiale". Era il primo a essere arrivato in quella fattoria, o almeno si trovava lì da prima che Bill arrivasse e per questo era molto coccolato dalla componente umana della fattoria. Adorava i romanzi gialli e non passava giorno senza che ne leggesse uno. Nella sua Suite Imperiale aveva un enorme poster di Agatha Christie e uno di Sherlock Holmes. Era un po' stizzoso, forse a causa dell'età avanzata, ma nonostante questo era molto intelligente e quando voleva anche collaborativo. Quindi Bill ci teneva che fosse presente al ritorno del padrone. Nino però detestava svegliarsi all'alba e il povero malcapitato che si ritrovava a fare da sveglia, veniva trattato peggio della passerella del pollaio. Stanco delle proteste, Bill aveva dunque istituito un equo e democratico sistema di elezione e, data la quantità di fortuna che bisognava possedere per non incorrere nelle ire del maiale, era Pallino che ogni mattina era costretto a farsi carico del ruolo di gallo meccanico.

Quel giorno, purtroppo, non rappresentò un'eccezione e la cinciallegra presentò al gruppo la star della fattoria assonnata e stizzita.

«Questo sistema non mi piace affatto!» protestò l'uccellino per la centesima volta, massaggiandosi il bordo dell'ala, colpito poc'anzi da uno dei libri che Nino possedeva. «E non è per niente democratico».

«Ma di cosa ti lamenti!» esclamò Nino irato. Poi si

rivolse a Bill: «Posso sapere il motivo di questa maleducata convocazione?».
«Non so se te lo ricordi», esordì Bill. «Ma tra qualche ora conosceremo il nostro nuovo compagno. La tua presenza, come membro importante della fattoria, era assai richiesta».
«Per quello che vale», fece il maiale in tono vago. «È un cane, non Stephen King, tutta questa premura mi sembra eccessiva».
«Non vedo cosa dovremmo farcene di Stephen King», replicò Lardo, ancora non del tutto ripreso dalla reclusione che aveva sofferto pochi minuti prima.
«Per esempio, potrei chiedergli qualcosa sul suo romanzo appena uscito».
«Romanzo appena uscito?» chiese Paul, in tono distratto. Aveva sussultato quando una macchina simile al furgone del padrone era spuntata fuori dalla curva.
Il maiale sbuffò.
«Il padrone ha detto che i proprietari della "Ornitorinchi in Allegria", la libreria cittadina, organizzeranno una presentazione del romanzo durante la "Festa di Fine Autunno". Un romanzo giallo con un tocco di noir, scritto da un re della letteratura come lui, deve essere favoloso», spiegò Nino. «E poi io amo la festa di fine Autunno. È, senza ombra di dubbio, quella che preferisco. Le luci, la musica, i balli e soprattutto le foto!».
«Le foto», gli fece il verso Lardo.
«Sì, le foto», replicò il maialino, alzando le spalle con fare supponente. «Io adoro le foto!».
Lardo lo guardò, scuotendo la testa impercettibilmente. Questo impedì a Nino di protestare, riu-

scendo a evitare che la mattinata sfociasse definitivamente in una crisi isterica (Pallino), in una di ansia (Paul) e in un totale esaurimento nervoso (Bill).
Il tempo scorreva veloce e l'imperioso sole estivo prese pieno possesso del cielo di smalto. Il padrone ci stava mettendo davvero tanto e dopo aver accolto sua nonna Elvira, la capra Tina e Guglielmina, che arrivarono la prima zoppicando, la seconda munita di un pasticcio di carne recuperato sul retro di un supermercato e la terza tenendo disperatamente a freno l'istinto naturale di sprofondare in un sonno simile a quello di Biancaneve, Bill prese a guardare l'ora ogni cinque minuti.
Alla fine, stanco di farsi ripetere da Lardo che erano "le ore di prima più cinque minuti", chiese a Pallino di controllare la strada e dopo alcune proteste, lo aiutarono a salire sul muro di cinta.
«Vedi qualcosa?» chiese il cane.
La cinciallegra non rispose, ma al rumore di una macchina che si fermava e di una portiera sbattuta, si udì uno dei suoi laceranti gridi. Il padrone era rientrato.
«Che succede?» chiese Rick allarmato. Aveva sempre pensato che Pallino fosse parente alla lontana di qualche falco, date le urla che riusciva a produrre nonostante le minuscole corde vocali.
Paul andò a controllare. Improvvisamente, le ali gli si afflosciarono lungo i fianchi e la voce gli venne meno.
«Ma che diavolo?» mormorò Paul con gli occhi sgranati.
«Che succede?» chiese Bill preoccupato. Cercò di raggiungere la sommità del muro, ma non appena vide Pallino scendere agitando le piume e il gallo

tornare indietro con gli occhi sbarrati, si fermò.
«Allora?» chiese il cane, osservandoli. «Paul, perché quella faccia? Pallino, perché hai gridato?».
I due animali si guardarono.
«Perché?» chiese Paul, osservandolo come se avesse appena visto un criceto battersi con un bue e avere la meglio. Indicò l'estremità della salita che spianava la strada al cortile. «Non lo vedi da te il perché?».
Bill seguì l'ala di Paul. Se non fosse stato Bill, l'enorme cane da guardia più popolare della regione, probabilmente sarebbe svenuto.
Dall'estremità della salita stava discendendo uno strano animale. Bill, Paul, Pallino e tutti gli altri non erano proprio sicuri che si trattasse di un animale, poiché aveva un aspetto alquanto bizzarro. Bill si prese qualche secondo per chiedersi se quell'essere fosse effettivamente la recluta tanto agognata, ma il sorriso d'incoraggiamento che il padrone stava loro rivolgendo e che esibiva a ogni nuovo arrivo, fugò ogni suo dubbio. Nel complesso, ciò che videro fu quello che sembrava un cagnolino minuscolo, dal corto pelo marrone che si intravedeva a fatica da sotto un maglioncino rosa a strisce nere. Aveva un collare rosso fuoco, con appuntato un papillon giallo a pois bianchi che gli nascondeva metà faccia. Individuò gli animali e vi si avvicinò con uno smagliante sorriso.
«Salve», fece, inchinandosi e mostrando dei denti così candidi e brillanti che sembravano essere stati lavati con la candeggina. Sembrava non essersi accorto dello stupore mostrato da Bill e i suoi. «Io mi chiamo Ci e sono un chihuahua. Sono veramente lieto di fare la vostra conoscenza. Sono appena

arrivato e mi auguro fortemente di trovarmi bene con voi».
Si avvicinò a Bill con fare gioviale.
«Tu devi essere Bill», fece, congiungendo le zampe anteriori a mo' di preghiera. «Ho sentito molto parlare di te. Nell'allevamento dove mi trovavo, giravano voci davvero notevoli sul leggendario cane che difende la fattoria più prosperosa della valle. Ho sentito dire che vieni da un altro pianeta, lo sai? Non offenderti, ma a guardarti meglio, non sembri poi così diverso dagli altri cani. In ogni caso, spero davvero che la nostra collaborazione come cani da guardia di questa splendida fattoria, sia proficua e fondata sul reciproco rispetto e amicizia».
Bill rimase zitto, troppo stupito e in preda allo sconcerto per ragionare. Miracolosamente, recuperò la parola.
«Cosa sei?» provò a gridare, riuscendo però a produrre solo un grugnito strozzato. «Volevo dire, Chi sei?».
«Te l'ho detto, mi chiamo Ci», rispose l'altro, per niente perplesso di fronte all'espressione sgomenta dipinta sul muso di Bill e non cessando di sorridere. «Sono il tuo nuovo compagno per la guardia della fattoria».
«Scusa piccolo», intervenne nonna Elvira, avvicinando il suo viso a quello del chihuahua. «Ma sei proprio sicuro di essere un cane?».
«Sì, signora», replicò con convinzione. «Un chihuahua. Nell'allevamento dov'ero, mi hanno detto che questa è la fattoria più rispettata della regione. Quindi, immagino che il mio compito sia quello di aiutare Bill nel suo lavoro».

«Benedetti bassotti!» esclamò la nonna. «Che ne sarà della razza canina se ora si mettono a fare figlioli così?».
«Ma forse è solo un cucciolo», provò a dire Tina, fissandolo preoccupata. «Tu che ne dici, Guglielmina?».
«Ne sono quasi sicura», replicò il gufo, mentre Ci le osservava sorridendo. «In realtà, sarei portata a dire che si tratti di una specie ormai estinta di pterodattilo mini, di cui ho visto le immagini su una vecchia enciclopedia; ma i miei sensi di conservazione non si sono attivati; quindi, mio malgrado, devo darti ragione. Seriamente, questa "razza chihuahua" non l'ho mai sentita, eppure mi reputo una studiosa».
«Mi dispiace contraddirvi», rispose il cagnolino educatamente. «Ma non sono più un cucciolo. Ho compiuto due anni lo scorso marzo. E la razza chihuahua è piuttosto popolare».
Voltò loro le spalle, senza curarsi degli sguardi perplessi che si lanciavano l'un l'altra, accorgendosi così della presenza di Paul e della sua famiglia.
«Ciao!» aggiunse, rivolto a Malvina, che alla stessa stregua dei familiari, lo osservava preoccupata. «Com'è bello quel rossetto. Sai, anche la mia ex-padrona ne aveva uno uguale. Dove lo hai preso?».
«Fico!» mormorò Giuseppe, fissando il nuovo arrivato con un sorriso. Batté una delle minuscole ali sulla spalla di Rick.
«Seconde te, è scappato da qualche laboratorio di ricerca dell'area 51?» chiese il pulcino elettrizzato, citando il popolare e supersegreto laboratorio di ricerca americano, di cui nessuno conosceva la

locazione.
«Un mutante, di sicuro», convenne Rick, prontamente. L'area 51 era fra i suoi argomenti preferiti. «Anche se esseri come lui li ho visti solo nei vecchi fumetti della Marvel, vai a sapere da quale universo proviene».
«Ragazzi!» li rimproverò Beatrice con un ringhio, sgomitando affinché il marito la smettesse di fissare Ci come qualcuno che ha appena assistito a un'apparizione divina. «Non... bah». Frenando qualunque commento, si rivolse a Ci con un sorriso. «Benvenuto, figliolo! Che il Grande Spirito sia sempre con te».
«Grazie, signora tacchina», replicò Ci, cordialmente. Poi, dimostrando di non aver capito a chi si riferiva Beatrice, aggiunse: «Il Grande Spirito deve essere un tipo fantastico, ma gli potrebbe dire di non avvicinarsi troppo? Se è un Grande Spirito deve avere anche dei Grandi Piedi e potrebbe schiacciarmi».
«Io non sono un tacchino», lo corresse Beatrice, ignorando volutamente il commento di Ci. «Sono...».
«Oh, non importa», le rispose il chihuahua, in tono vago. «È ugualmente bellissima, anche se suo marito non sembra avere una bella cera».
Prima che Paul potesse replicare, il chihuahua si rivolse a Rick. Dal canto suo, Beatrice si tastò perplessa un fianco, sperando che Ci avesse errato nel denominarla per pura e semplice ignoranza, visto che aveva associato il Grande Spirito a uno Yeti bisognoso di un podologo; tuttavia, i chili in eccesso che aveva messo su durante i mesi estivi, la tenevano sempre sulle spine, inimicandole per sempre la bilancia e le sue inattaccabili verità.

«Che simpatico!» commentò il chihuahua, ridacchiando. «Sfortunatamente non conosco questa area 51 di cui parli, però sembra interessante. Forse un giorno potremmo andarci in gita, che ne dici?».
Rick aprì e chiuse la bocca come un pesce rosso. Quel cagnolino era riuscito a paralizzare la sua essenza nerd; un record mondiale, a memoria d'uomo.
«La stragrande maggioranza delle persone e degli animali è convinta che un cagnolino della mia taglia non possa essere un valido supporto», aggiunse, poi, rivolto a Bill. «Ma noi lavoreremo sodo per dimostrare loro il contrario, giusto?».
Bill non rispose. Le sue corde vocali sembravano paralizzate.
«Che ti succede?» chiese Ci, aggrottando le sopracciglia, o almeno quelle che sembravano tali. «Ti senti male? Forse è lo scorbuto. L'ha avuto anche uno dei miei fratelli. È rimasto a letto per tre mesi, povero caro».
«Ma cosa diavolo ti sei messo?» chiese Bill agghiacciato, indicando l'abito del piccolo chihuahua.
«Questo?» chiese Ci, facendo una giravolta su se stesso. «È l'ultimo modello della collezione "Un giro in calesse" primavera-estate. Si può fare la guardia ed essere eleganti allo stesso tempo, giusto?».
«Giusto!» applaudì Nino; nei suoi occhi non c'era traccia di sarcasmo, cosa che gli fece guadagnare una gelida occhiataccia da parte di Bill.
«Grazie», gli rispose Ci, inchinandosi.
«Sai, a me piace molto la moda», disse il cagnolino gentile. «Una volta sono stato anche a una sfilata. Le modelle erano così eleganti, pensa che una di loro mi

ha accarezzato e regalato un piccolo peluche, dovrei averlo qui, aspetta».
Così dicendo, tirò fuori dalla tasca anteriore un pupazzetto di pezza. Era una specie di coniglio nano, dal folto pelo nero con indosso un pigiama bicolore rosa e bianco.
«Vi piace?» chiese, sventolandolo sopra la testa come una sciabola. «L'ho chiamato Coco, in onore di Chanel».
«Coco...», gli fece eco Bill, impossibilitato a chiudere la bocca.
«Sì», rispose il chihuahua gioioso. Baciò il pupazzo sul naso e lo ripose in tasca.
«Ti andrebbe di avere un vestito come questo?» proseguì poi rivolto a Bill, indicando spasmodicamente il grazioso maglioncino. «Se ci vestissimo uguali, si noterebbe subito che siamo amici e che amiamo lavorare insieme. Ho avuto un'idea geniale, non trovi? Però devi dirmi la taglia, per l'ordinazione, sai...».
L'intera vallata sembrò cadere preda di un silenzio tombale. Persino le cicale avevano smesso di cantare.
Poi Lardo disse:
«Sai Bill, non staresti poi così male con quel vestitino».
A queste parole, gli animali della fattoria scoppiarono a ridere fragorosamente e gli sfilarono davanti per andarsene. Immaginandosi Bill agghindato a quel modo, anche l'animale più giudizioso ed educato non avrebbe potuto trattenere una risata. Il cane si prese la testa fra le zampe, rosso dalla vergogna e dallo sconcerto.
«Buona fortuna, amico», fece Rick, dandogli una

pacca sulla zampa e sghignazzando come un ossesso. «Credo proprio che ne avrai bisogno».
«Non vedo l'ora di vederti agghindato come si deve», lo salutò nonna Elvira, gettando il pasticcio di carne ai piedi di Bill, prima di sparire saltando fra le rocce.
«Che storia!» esclamò la capra seguendola.
«Da non credere».
«E io ho sacrificato il mio prezioso sonno per questo!».
«Tutta la mattinata a mettermi in tiro, per poi dover assistere a queste scene».
«Ridicolo».
«Io ho da fare nel pollaio», disse Paul, ripresosi e scuotendo la testa. «Non ho tempo da perdere con queste pagliacciate!».
Bill si accasciò al suolo.
«Ho bisogno di aria».
«Ma se siamo all'aperto», replicò Ci, indicando il cielo.
«Arghhhhhhhh!» gli urlò contro l'enorme cane. Ci non si scompose e si girò verso Pallino, l'unico fra gli animali a essere rimasto nei pressi della strana coppia. Si teneva tuttavia a debita distanza. Quando Bill era di quell'umore funereo, non c'era ragione per andargli vicino e, in quel caso, ricordarsi del regalo per quel cane. Anche perché, proprio in quel momento, stava sbriciolando l'osso-regalo con ira incontrollata. Di certo non voleva che le ossa di Ci, ma soprattutto le sue, facessero la stessa fine. Così, prese da parte il chihuahua.
«Sono un uccellino dall'apertura mentale sconfinata e non mi faccio incantare dalle apparenze; quindi te lo chiederò...», esordì la cincia, mentre il chihuahua lo osservava incuriosito: «Tu credi nei draghi?».
«Draghi?» chiese Ci, sorridendo perplesso. «Ah sì, la

signorina Draghi, la veterinaria!».
«No», replicò Pallino, scuotendo energicamente la testa. «I draghi, le bestie alate che popolano i nostri cieli senza alcun ritegno». Poi tirò fuori da un cespuglio un foglio spiegazzato.
«L'ho trovato in garage», sussurrò, mostrandolo a Ci. «È una loro foto, la prova schiacciante della loro esistenza».
«Ma questa è la locandina di Dragon Trainer», replicò Ci, osservando il foglio che Pallino aveva dispiegato a terra. «È un cartone animato. Lo stavo guardando proprio ieri assieme al mio ex-padroncino.
All'improvviso, però, si è stancato, ha spento il computer ed è andato via. Pensavo che in questa fattoria ci fosse qualcuno che potesse raccontarmi il finale».
«No!» esclamò Pallino con forza. Poi scosse la testa. «Che delusione! Sei come tutti gli altri! E io che dal nuovo arrivato mi aspettavo un'intelligenza fuori dal comune. Non sto parlando di un film, i draghi esistono per davvero! Ah, fammi andare a ripassare i numeri. Natale si avvicina e devo esercitarmi per la Tombola. A proposito, tu non giochi!».
Detto questo si voltò e sparì nella siepe.
«Ma diceva sul serio?» chiese il chihuahua, rivolto a Bill.
Il cane scosse la testa.
Ci congiunse nuovamente le zampe in preghiera.
«Credo proprio che mi piacerà stare qui».
Bill gli scoccò un'occhiata torva e si diresse nel suo angolo preferito per schiacciare un pisolino. Che sarebbe stata una mattinata intensa lo sospettava, ma che avrebbe avuto risvolti così inverosimili e

terrificanti non sarebbe stato prevedibile, nemmeno con i tarocchi di Marietta.

GRAZIOSI VESTITI E NUOVI AMICI

Verso il tardo pomeriggio, quando il sole stava per declinare all'orizzonte, Bill fu svegliato da grida lancinanti. Aprì lentamente l'occhio sinistro e provò a mettere a fuoco la scena. Dopo la surreale mattinata appena trascorsa, gli animali della fattoria si erano ritirati ciascuno nella propria abitazione, indaffarati nello sbrigare le consuete attività giornaliere. Stando così le cose, non ci voleva certo un genio per capire chi potesse essere il fautore di tanto baccano.
Ci infatti, correva per tutto il cortile in preda al panico, urlando come se stesse per morire dissanguato, tenendo stretto al petto una specie di giornale spiegazzato. Bill aprì anche l'altro occhio e si drizzò sulle zampe. La presenza del piccolo chihuahua non era solo un incubo, come aveva sperato, ma una drammatica realtà. Tuttavia, messo ormai da parte lo sconcerto iniziale, decise di accettare e affrontare quella sfida in pizzi e merletti che era il suo nuovo compagno.
«Ci, che i tassi ti si portino», gridò con il suo vocione. «Ma che hai da urlare così?».
«Oh, Bill», replicò il cagnolino, avvicinandosi con gli occhi pieni di lacrime. «Guarda cosa mi ha fatto quell'orribile gatto!».
L'orribile gatto, ovvero Lardo, allargò le zampe a mo'di scusa.
«Mi dispiace, piccolo», fece, scuotendo una zampa, al fine di detergere la pittura violetta di cui era intrisa. Bill lo osservò attentamente. Nell'occhio ancora integro non vi era traccia di canzonatura, piuttosto

un che di perplesso e contrito allo stesso tempo. «Pensavo che fosse una vecchia rivista e l'ho usata per provare le nuove tinte. Non credevo fosse tua».
Il cane diede un'occhiata alla rivista e la studiò con una smorfia. Chiunque si sarebbe accorto che per lei non c'era più niente da fare. A suo confronto, il Guernica del celebre pittore Picasso, diventava un progetto di meccanica di precisione.
«Bill, fa qualcosa», singhiozzò Ci, imbrattando la zona di pittura indelebile non ancora secca.
Senza dire una parola, Bill afferrò il giornale con i denti e lo gettò lontano.
«Il mio catalogo di "Dolce & Gabbana"!» gridò il cagnolino, correndogli dietro.
«Il tuo catalogo di "Pulci e Suor Luciana?"» chiese Rick, che in quel momento era immerso nella lettura di uno dei suoi numerosi fumetti.
Lardo rise sommessamente, ma fu stroncato dai rimproveri di Bill.
«E tu non sghignazzare!» lo redarguì, infatti. «Pentiti, piuttosto! Non si fanno dispetti del genere!».
«Ti ho detto che non l'ho fatto apposta!» esclamò Lardo con forza, aprendo leggermente la bocca e dilatando le narici.
«Non importa», disse Bill lentamente. «I compagni vanno rispettati. Riesci a farti entrare in quell'ammasso di sardine e croccantini che hai al posto di quel cervello di cui tanto ti vanti, che i tassi non aspettano altro che un nostro passo falso per sentirsi legittimati ad attaccarci?».
«Compagni?» chiese Lardo, osservando Ci che recuperava la sua ormai inutilizzabile rivista. «Non sembravi molto entusiasta della sua comparsa».

«Come se questo avesse importanza!» brontolò Bill. «Ormai è dei nostri, che io lo voglia o meno e dobbiamo far sì che si trovi bene! L'unione fa la forza e l'essere disuniti ci rende deboli. È la prima regola dello stratega!».

Lardo non rispose ed emettendo un miagolio leggermente esasperato che suonava tanto come un "Gira che ti rigira, è sempre colpa mia", gli voltò le spalle, ritirandosi nella legnaia.

«Vieni qui», gli gridò dietro il cane. «Non ho finito!».

Per tutta risposta, Lardo chiuse la porta di legno marcescente, emettendo borbottii incomprensibili.

Bill stava per rimettersi a dormire, quando fiutò nell'aria qualcosa di familiare, troppo familiare. Quattro sagome massicce adombrarono lo spiazzo. Un brivido di ansia, misto a vergogna, lo attraversò.

«Oh, no», mormorò Bill con fare disperato.

«Presto», disse il cane rivolto a Ci, che dopo essere inciampato due volte nel muretto che circondava l'aiuola delle fragole, si era riavvicinato a Bill. «Nasconditi!».

«Perché?» chiese il cagnolino, che sembrava essersi ripreso dallo shock che gli aveva procurato la prematura scomparsa della sua adorata rivista. Poco ma sicuro, i suoi poveri stilisti erano in pericolo in quella fattoria. La osservò sospirando e, scrollando le spalle, la gettò in un bidone lì accanto. Poi voltò la testa nella direzione che Bill stava puntando.

«Oh, nuovi amici», disse Ci, sorridendo e spalancando gli occhi deliziato. «Sembrano conoscerti, perché non li saluti?».

«Ehi Bill!» fece uno dei quattro grossi cani che si stavano avvicinando. «Come va?».

Il povero cane, che avrebbe preferito combattere contro un orso grizzly e avere la peggio, piuttosto che essere in compagnia dei suoi amici ed essere costretto così, a presentar loro quella piccola peste che si vestiva con il vomito di arcobaleno, cercò disperatamente di tirar fuori l'orgoglio e minimizzare la cosa.
Si trattava di un gruppo di vecchi amici, soprannominati dai più "I Quattro Moschettieri", che difendevano il punto di congiunzione fra la fattoria e il territorio dei tassi; l'accesa rivalità fra questi ultimi e la componente animale della fattoria era iniziata esattamente come le fisse di Pallino; impercettibilmente, per poi aumentare d'intensità e durata. Quando avevano scoperto l'abbondanza e la ricchezza di cui il contadino godeva, avevano deciso di espandere il loro territorio, scavalcando l'autorità di Bill e i taciti patti della valle. Disprezzavano l'uomo, considerandolo un essere abietto e inutile, buono solo a infliggere sofferenze e distruzione alla natura e ai suoi componenti. E, di riflesso, anche coloro che gli erano accanto, come Bill e i suoi. Ovviamente, astuti com'erano, non avevano mai rivelato la modalità di attacco. A dire il vero, per ora non era pervenuto loro nulla che potesse somigliare a una minaccia. Tuttavia, anche a costo di sembrare un codardo, Bill era intervenuto e, assoldati i suoi amici, li aveva messi di guardia al confine. Il minimo movimento sospetto gli veniva riferito, in cambio di una generosa quantità di cose buone da mangiare e rosicchiare.
Bill decise di fare finta di niente. Sin da piccolo, lo avevano abituato a difendere la proprietà, al tenere,

in accordo con le sue capacità, ogni cosa al proprio posto e portava avanti questo lavoro con una certa dignità. Voleva far capire a quei cani che la presenza del chihuahua non avrebbe affatto cambiato le carte in tavola. Ci non era un tipo di cane forzuto, questo glielo concedeva, ma si ricordò degli insegnamenti di Socrate e di come lo rimproverava, quando lo vedeva sbeffeggiare gli animali più piccoli e gli diceva che la forza non la si trova nella taglia, ma in ciò che riusciamo a trasmettere agli altri. Certo, non era convinto che Ci potesse trasmettere qualcosa di più profondo che non fossero gli aggiornamenti sulla moda, ma questo non aveva importanza. La diversità era un arricchimento e, in quel caso, un modo per dimostrare loro il suo valore, un valore che mai e poi mai sarebbe stato annientato e che nessun avrebbe potuto calpestare.
«Ben trovati», disse Bill, con un sorriso talmente tirato che presero a fargli male i muscoli facciali. «Sono lieto di...».
Ma non fece in tempo a finire la frase, che Ci saltò su e gridò dalla felicità.
«Buonasera», li salutò radioso il cagnolino. «Io mi chiamo Ci e sono il nuovo cane da guardia della fattoria. Sono onorato di fare la vostra conoscenza, come state?».
I quattro cani si guardarono con le palpebre a mezz'asta. Avevano con loro un mazzo di ossa, unite insieme grazie a un filo di paglia.
«Allora è lui?» chiese Pampa, il pastore tedesco, osservando Bill. Il primo fra i Moschettieri, era giunto in quella valle per caso, dopo essere scappato da un canile fuori città. Era sempre affamato, pro-

babilmente a causa delle precarie condizioni sofferte al rifugio. Non amava parlare di quel periodo e se Bill o qualcun altro provava a intavolare il discorso, se ne usciva con un laconico "Il canile non è un albergo. Prega di non finirci mai".
Il cane annuì in imbarazzo.
«Nonna Elvira non ci aveva mentito. E noi che non abbiamo voluto crederle. Una temibile creatura, a quanto vedo», proferì sarcastico Ruby, il doberman, guardando i compagni. Il manto focato color caffè, che rifletteva la luce del sole, era solcato da una macchia color rosso vino, che ne aveva ispirato il nome. In passato, aveva vissuto in una modesta abitazione che sorgeva in mezzo a un campo di grano, che sia col bello che col cattivo tempo, era punteggiato da alti papaveri scarlatti. La sua padrona era Aurora, una ragazzina di tredici anni, molto amata dagli animali della valle e che sembrava aver istaurato con lui un profondo legame, così profondo da farla lottare fino allo stremo delle forze, pur di non perderlo. Aurora, infatti, era di salute cagionevole e se ne era andata molto presto. Quando poi il male l'aveva sconfitta, la sua famiglia si era trasferita; Ruby avrebbe dovuto seguirli, ma aveva preferito restare a vivere nella valle, in quel campo di grano che aveva ospitato la breve ma intensa vita della sua coraggiosa padroncina. Entrato a far parte dei Moschettieri come quarto membro, aveva giurato loro fedeltà, aiutandoli a tenere al sicuro gli animali che Aurora aveva tanto amato. «Adesso sì che i tassi avranno da temere, con Mister "Vanity Fair" qui presente. Dimmi un po' Ci, hai mai combattuto prima d'ora?».

«Ehm...», fece il cagnolino. Ovviamente per lui il sarcasmo era un qualcosa di sconosciuto, quanto per Bill lo erano i nuovi modelli della collezione autunno-inverno.
«Be', una volta ho provato a cacciare uno scarafaggio,» spiegò tranquillo, «ma ho avuto la peggio».
«Ma davvero?» chiese Pampa, mentre gli altri tre iniziavano a girargli intorno. «Sei un cagnolino coraggioso. Uno scarafaggio è una preda difficile».
«Quindi, secondo voi, potrò essere un buon cane da guardia?» chiese, per niente intimorito dalla presenza di quei grossi cani che gli facevano ombra con i loro possenti corpi.
«Come no?» fece Koda, un cane di razza husky proveniente dalle pianure siberiane, arrivato qualche anno prima. Il secondo del gruppo e già adulto quando Bill era ancora un cucciolo. Da sempre, o almeno da che Bill ne aveva memoria, portava in testa un capello militare leggermente fessurato. Era un dono del suo ex-padrone, un parlamentare russo in pensione, al quale era ancora affezionato. Teneva a quel cappello più della sua stessa vita. Gli piaceva molto leggere, soprattutto racconti e romanzi provenienti dalla madrepatria; era il più grosso dei quattro e il più contemplativo. «La tua forza è alquanto ammirevole, compagno Ci».
«Più che l'utilizzo della forza», precisò il piccolo. «Preferisco stupire i miei nemici con abiti all'ultima moda».
«Be', in questo sembri sicuramente imbattibile», a parlare era stato Leone, il meticcio. Terzo fra i moschettieri, nipote di una cara amica di nonna Elvira e amico di infanzia di Bill; a differenza di que-

st'ultimo, però, non era affatto un cane forzuto. Preferiva fare ricorso all'intelligenza, utilizzando trabocchetti e simili.
«Grazie», replicò gioioso il chihuahua. «Per fortuna, c'è il piccolo Coco ad aiutarmi».
Prima che Bill potesse fermarlo, tirò fuori il suo pupazzetto portafortuna e lo mostrò orgogliosamente ai cani.
«Coco?» chiese Pampa annusandolo. «Un coniglietto speciale, un portafortuna?».
«Sì», rispose Ci con orgoglio. «Mi protegge durante i combattimenti. Se volete ve lo presto, così... ehm, dove lavorate voi?».
«Difendiamo il confine tra la fattoria e il territorio dei tassi», spiegò Leone.
«Oh», mormorò il cagnolino ammirato. «Fate attenzione, mi raccomando. Sanno essere fastidiosi quei tizi; una volta mio fratello ha provato ad avvicinarsi e per poco non ci ha rimesso una zampa, poverino. La mia mamma ce lo diceva sempre di non avventurarci in luoghi pericolosi e sconosciuti, ma alla curiosità non si comanda».
«La tua mamma ha detto bene», replicò Ruby. «Le mamme vanno ascoltate sempre, ricordatelo».
«Giusto», affermò il chihuahua con convinzione.
«Volete dare un bacino a Coco?» chiese poi, porgendoglielo. «Così, per buono auspicio?».
«Meglio un'altra volta», replicò Pampa, ridendo sommessamente.
«Come preferite», disse il cagnolino, alzando le spalle. Poi si rivolse a Koda.
«Ti vieni dalla Russia?» chiese il cagnolino.
«Sì, compagno», rispose il cane.

«Anche mio nonno Gaspare è stato in Russia», disse il cagnolino, giungendo le zampine. «A casa avevamo quelle bambole russe, quelle fatte con le mosche... le matrimosche».
«Tenete fermo Pallino», mormorò Leone ironico, guardandosi in giro falsamente preoccupato e strappando una risata soffocata agli altri quattro.
«Matriosche», lo corresse Koda. Se c'era una cosa che lo faceva arrabbiare era il sentire storpiare i termini della sua terra. Tuttavia, o almeno così parve a Bill, quel cagnolino lo sconcertava e divertiva talmente tanto che decise di sorvolare. «E non sono fatte con le mosche».
«Sai, quel cappello», continuò Ci pensieroso, ignorando completamente le correzioni dell'husky. «Non fraintendermi, ti sta benissimo, però mi sembra un po' consumato. Il tuo padrone dovrebbe sistemarlo, prima che inizi a cadere a pezzi».
«Purtroppo il mio padrone non è raggiungibile in questo momento», disse Koda lentamente. Era la prima volta che qualcuno criticava il suo inseparabile copricapo. Ci non aveva messo in discussione solo le convinzioni nerd di Rick, ma anche quel leggendario berretto.
«Ha il cellulare spento?» chiese l'ingenuo cagnolino.
«No, volevo dire che non si trova qui in questo momento», replicò l'husky.
«Capisco» disse il chihuahua. «Be', allora potresti prenderne un altro. Magari un giorno di questi posso portarti un catalogo di cappelli. Anche io ho un cappello. Anzi sarebbe meglio dire che ne ho parecchi. Il mio preferito è quello con le orecchie da panda. A te piacciono i panda?».

«Moltissimo», rispose Koda, annuendo con le sopracciglia alzate.
«Mi fa piacere» replicò il chihuahua.
Notando il mazzo di ossa, Ci chiese, indicandolo: «Non saranno mica per me, vero?».
«No, sono per la suocera del mio amico Cockeronzolo!» rispose Pampa, con un sorriso a denti stretti.
«Esiste?» chiese Ci estasiato e sgranando gli occhi a dismisura. «E voi lo conoscete?».
I quattro cani si guardarono sorridendo.
«Certo», ribatté Leone.
«Che bello!» esclamò Ci, battendo le zampe. «La mamma mi parlava sempre di lui. Il suo pelo color oro toccava fino a terra, ma purtroppo era prigioniero di un topo gigante. Alla fine, la Setter Azzurra, fece irruzione nel castello, sconfisse il perfido roditore e lo liberò. Si sposarono e vissero insieme felici e contenti».
«Che storia romantica!» commentò Pampa sbattendo teatralmente le palpebre.
«Ma a questa signora piacciono le ossa?» chiese Ci, contorcendo il muso in una smorfia di disgusto. «Bleah. Seriamente ragazzi, ma chi mai può considerare un prelibato bocconcino le ossa appartenenti a un altro animale?».
«Esatto», replicò Ruby, annuendo. «Chi lo farebbe?».
«Un barbaro», ripose Ci, scuotendo la testa. «Noi non dovremmo farlo. Solo qualcuno cresciuto senza alcun valore morale, potrebbe ingoiare roba simile».
«Certo!» replicò Leone con un ghigno.
«Per carità», soggiunse Ruby, «cose da animali, proprio».
«O da alieni», intervenne Koda, fissando Ci inten-

samente.
«Quelli poi!» esclamò il chihuahua scandalizzato. «Sono i peggiori. Chi si credono di essere per andarsene impunemente a spasso sulla terra, senza nemmeno un paio di mutande addosso? E rapendo i terresti, per giunta. Se mai dovessi trovarmi faccia a faccia con uno di loro, gliene direi volentieri quattro, anzi sette!».
A questo punto, fu Bill a guardarsi intorno preoccupato, sperando che Pallino non lo avesse sentito. E questa volta, la falsità non trovò posto nei suoi sguardi furtivi. Ci mancava solo che venisse data alla testarda cinciallegra il minimo appiglio per discutere nuovamente di draghi. Con gli alieni non c'entravano nulla, ovviamente, ma nella sua testolina anche il più misero riferimento al mondo del paranormale, era sufficiente per iniziare un complicato studio su di loro, che avrebbe prodotto tesi ancora più stravaganti e impossibili da confutare.
«Selvaggi!» li insultò Leone, falsamente irato.
«Puoi dirlo forte!» rispose il cagnolino, con una zampa sul petto. Poi sospirò «Siano lodate le stelle canine, però. Mi fa piacere sapere che anche voi siete cani moderni. Sapete, io mangio solo scatolette di cibo biologico, che viene prodotto da un'azienda leader al mondo».
«Ma non mi dire!» esclamò Pampa in falsetto, cercando di imitare la vocina di Ci, senza che l'ingenuo chihuahua se ne accorgesse.
«E non solo!» continuò il cagnolino. «Metà dei proventi...».
«Sono certo», lo interruppe Bill, con forza. «Che

potremmo approfondire meglio questo discorso in futuro. Per adesso Ci, è opportuno che ti ritiri in casa».
«Ma non ho finito di spiegare!» replicò il cagnolino.
«Ubbidisci!» esclamò Bill. Ci si girò con fare indisponente e partì alla volta del garage.
«Bill?» si voltò il cagnolino, gridando. «Ricordati della taglia! Devo ordinare il tuo vestito! Di quello che volevi le taglie vanno via come le ciliegie e prima inviamo l'ordine e meglio è». Poi si rivolse ai Quattro Moschettieri: «Arrivederci amici, mi ha fatto piacere conoscervi».
I quattro cani lo salutarono leziosamente con una zampa, sorridendo a trentadue denti.
Bill si voltò verso di loro che, dopo aver ascoltato quelle ultime parole, sentivano per lui lo stesso rispetto che potevano nutrire per una faina traditrice.
«Non dite niente!» li ammonì Bill fra i denti. «Non dite niente!».
«Questo posto è diventato un ricovero per cani stralunati?» lo ignorò Leone, seguendo con lo sguardo il chihuahua, che lottava contro un filo d'erba nel tentativo di raggiungere il garage.
«Sta zitto!» lo rimbeccò Bill.
«A parte gli scherzi», esordì Koda con gravità. «Spero proprio che i tassi non vengano a sapere di quel cane. Altrimenti, il trattenerli fuori le mura della fattoria sarà più arduo che mai».
«Lo trovo difficile», rispose Bill. «Ma non devono affatto prendere la presenza di Ci come un segno di debolezza».
«Sarà», continuò Ruby, «Io comunque ci starei attento. Quel cagnolino non mi sembra affatto un

qualcosa su cui fare affidamento. Credo che se si trovasse in presenza dei tassi, il massimo che potrebbe fare è imbrattargli il viso di trucco e criticarli per il loro pelo scuro fuori moda».
«Il tuo padrone deve essere impazzito», constatò Pampa, scuotendo il capo. «Come si fa a considerare quel tipo un cane da guardia?».
«Be', ho sbagliato anch'io a trarre conclusioni affrettate, dando per scontate le volontà del padrone. Non aveva la minima intenzione di prendere qualcuno che mi affiancasse nel mio intenso lavoro, è evidente», rispose Bill mesto. «In realtà, è Ci a essere convinto del compito affidatogli; crede di essere un cane da guardia, ma sono sicuro che sia stato adottato da Jacob per farne dono a sua moglie. Questo chihuahua, però, è una grande novità. La vita di noi animali è legata a doppio filo a quella dell'uomo. Proteggiamo le loro case, le loro vite, diamo speranza. Mi sembra giusto che ricambino tutto ciò, dandoci il calore di una famiglia e di una casa. E Ci, nonostante la sua inadeguatezza, merita tutto questo al pari di chiunque».
«Il dogma della presa di coscienza», annuì Koda. «Trattali con amore, ma non divenirne lo schiavo". Peccato che solo noi animali ubbidiamo a questa regola. A parte i tassi che vivono qui, nella nostra valle. In ogni caso, l'umanità non si è ancora risvegliata».
«Ora, questo non vale per il tuo padrone», disse Ruby, interrompendo la replica che Bill era in procinto di esternare. «Lui non è come tutti gli altri».
«Be', se è per quello nemmeno la tua Aurora», replicò il cane, involontariamente. Nonostante fossero

passati già cinque anni dalla morte della piccola, Ruby non riusciva ancora ad accettare del tutto la sua scomparsa. Quel giorno, però, ascoltare quell'elogio parve scacciare temporaneamente la tristezza.
«Puoi dirlo forte», concordò, sorridendo compiaciuto. «Lei viveva per gli animali, li adorava, il solo pensiero di un animale maltrattato le dava la nausea».
«Mi ricordo», intervenne Pampa. «Che una volta rischiò la vita pur di salvare un cucciolo di moscardino».
Ruby ridacchiò mestamente.
«Aveva dieci anni», prese a narrare il doberman. «Era una mattina di fine aprile e quell'anno la primavera era arrivata e finita regalandoci abbondanti piogge e temporali improvvisi. L'acqua è essenziale per l'agricoltura e per quell'anno potevamo ritenerci soddisfatti. Io e Aurora stavamo passeggiando lungo il fiume, quando vedemmo questo moscardino mezzo svenuto in acqua. Non feci in tempo ad abbaiare, che lei era già entrata in acqua. Prese delicatamente il cucciolo e lo portò in casa. Per dieci giorni lo curò e lo nutrì quasi fosse stata la madre. Era ferito e febbricitante, ma grazie ad Aurora riuscì a cavarsela. Mi feci dire chi era e chi fosse sua madre e lo riaccompagnai a casa. Da parte sua, Aurora si prese un bel raffreddore e dovette restare riguardata a casa per otto giorni. Non si lamentò mai, però. Disse che se quel moscardino era potuto tornare a casa sano e salvo, allora il raffreddore se lo sarebbe fatto col sorriso sulle labbra. E mantenne la promessa».
«Parola mia» disse Pampa, asciugandosi gli occhi. Aurora riusciva a far commuovere persino una

mantide religiosa. «Quella bambina è d'esempio per tutti. Al suo cospetto, anche re e regine dovrebbero inchinarsi».
«Le imprese della piccola Aurora sono motivo di vanto per l'intera umanità», commentò Bill. «Uomini che hanno dieci volte la sua età, dovrebbero prenderla d'esempio. Ma come diceva sempre Socrate, la saggezza degli spiriti più elevati, viene offuscata dalla piccolezza di quelli più infimi».
«Su questo siamo tutti d'accordo», mormorò Leone. «Pensa al male che gli uomini riescono a infliggersi gli uni verso gli altri. Nel mondo animale questo può accadere solo per difesa, per fame, per disperazione o timore, in caso di pericolo, pericolo di vita nella maggior parte dei casi. Situazioni gravi, dunque. Pensate alla Guerra dei Fiori. A volte, veniamo messi a tradimento con le spalle al muro, solo per il fatto di appartenere a una certa specie. A volte, siamo costretti ad assecondare il nostro istinto naturale, il cui richiamo è quasi impossibile da sopprimere. La crudeltà dell'uomo, invece, sembra non avere limiti. Il sangue mi si agghiaccia solo al pensiero di quello che ci riserveranno in futuro».
«Mi domando cosa ne avrebbe pensato di Ci», fece Koda, pensieroso. Poi sorrise. «Comunque devo ammettere che è un tipo davvero originale. Un cartone animato vivente».
Gli amici ridacchiarono.
«Su Aurora posso risponderti io», replicò Ruby divertito. Ricordare la sua padroncina iniziava a piacergli. Bill era davvero stupito dei suoi progressi. Fino al mese precedente il solo nominare Aurora, lo faceva sprofondare in un cupo mutismo. La luce alla

fine del tunnel era sempre più vicina e il cane si ripromise di nominarla più spesso nei suoi discorsi con Ruby. Se i ricordi erano diventati la candela che guidava il doberman fuori dal suo lutto, Bill avrebbe fatto volentieri da accendino.
«Ne sarebbe rimasta estasiata», rispose dunque il doberman. «È pur sempre un animale e quindi degno della sua stima. Ma i suoi bislacchi comportamenti avrebbero messo in difficoltà anche una come lei».
«Ci metterebbe in confusione chiunque», affermò Bill, annuendo. «Chissà, forse non è del tutto inadeguato come cane da guardia. Qualche pizzo e merletto in più e anche il tasso più feroce rinuncerebbe ad attaccarci».
Gli amici condivisero una risata.
«A parte gli scherzi» esordì Leone. «La guardia e la difesa non sono attività che vanno prese alla leggera. Prima o poi dovrai spiegarglielo».
«Se ne renderà conto presto», ribatté Bill. «Forse crede che difendere la proprietà e tenere lontani gli aggressori sia un gioco. Dagli una settimana e le sue illusioni evaporeranno come neve al sole».
«Socrate diceva sempre», replicò Pampa con un sospiro, «La grandezza dello spirito non la si misura in metri. Solo il tempo ci dirà se questo vale anche per il nostro amico Ci. Tuttavia sono piuttosto pessimista».
«Spero solo che non si cacci nei guai», mormorò Leone. «E che non ti crei guai».
«Inoltre», fece Koda, «che non ti venga in mente di allenarlo. Perderesti solo tempo e non ne ricaveresti niente».
«Ah», replicò Bill, «di questo non preoccupatevi, cre-

do che allenare Ci a diventare più forte sia molto simile al tentare di ragionare con Pallino sui draghi, inutile, frustrante e uno dei due si potrebbe ritrovare con gli organi interni al posto sbagliato».
I cani risero nuovamente.
«Bene, amici», fece Bill, «Di là, c'è la vostra ricompensa per i servigi che mi offrite tentando di difendere la mia fattoria dall'esterno».
«Continueremo a farlo per sempre», disse Pampa. «Ma stai attento, mi raccomando».
Bill annuì e cercando di soffocare uno sbadiglio, si rimise a dormire. Una folata di vento fresco gli scompigliò il pelo, costringendolo a scuotere il dorso al fine di domare i ciuffi ribelli. L'autunno era davvero prossimo. In ogni caso, finché ci fossero stati i suoi amici, nessun predatore poteva avere scampo.

CI L'ESPLORATORE

In una soleggiata mattina di fine agosto, circa dieci giorni dal suo indimenticabile arrivo, Ci si svegliò tutto pimpante, deciso a esplorare fattoria e dintorni. Bill era partito all'alba con il padrone e gli altri animali indaffarati com'erano, chi a rileggere da capo *Assassinio sull'Orient Express* mangiucchiando il pastone, chi a imparare l'arte astratta e chi a scoprire se i draghi possono o no trasformarsi in esseri umani, non badarono affatto al piccolo chihuahua che, per l'occasione, aveva indossato un completo all'Indiana Jones con tanto di cappello da cowboy, gilet, eleganti guanti in pelle e una bussola di plastica. Il cagnolino partì all'avventura, incurante del fatto che i dintorni della fattoria potevano essere ricchi di pericoli e portatori di guai. Inizialmente, si divertì molto, esplorando il campo di granturco e quello di carote; ad accoglierlo trovò uno spaventapasseri dall'aria gioviale, il cui sorriso sghembo sembrava incoraggiarlo a proseguire. Essendo alla fine di una fresca e luminosa estate, l'intera campagna era un tripudio di colori, suoni e meravigliose piante decise più che mai a sfoggiare il loro lato più superbo, come dono di commiato alla terra prima dell'arrivo dell'autunno. Ci non si era mai dato all'esplorazione della campagna e nella casina in cui era nato, raramente poteva avere a disposizione uno spazio così sterminato e decise di usufruire appieno della mattina all'aperto. Così annusò i fiori, mangiucchiò qualche bacca e ascoltò deliziato il canto di un usignolo. Quando l'uccellino ebbe finito la sua esibizione canora, il cagnolino provò a seguirlo con

lo sguardo, inciampando in una microscopica lucertola intenta a rinfrescarsi all'ombra di una ampia foglia di pannocchia.
«Buongiorno», la salutò cordialmente Ci, desideroso com'era di fare amicizia. «Bella giornata, vero? Questo piacevole venticello è l'ideale per le esplorazioni».
«Già», ammise la lucertola. Alzò lo sguardo, spalancando la bocca e i piccoli occhi dalla pupilla verticale. «Ma tu non sei quello strano cane che si è da poco trasferito nella fattoria?».
«Sono proprio io», replicò, gonfiando il petto. Si sentiva lusingato nell'apprendere di essere diventato famoso, tanto da ignorare l'aggettivo "strano", affibbiatagli. «Sono un cane di razza chihuahua e tutti mi chiamano Ci. Posso sapere il tuo nome?».
«Sono Lucy», rispose la lucertola lentamente, osservando perplessa la fantastica mise che Ci aveva indosso. «Scusa, ma cosa ti sei messo?».
«Ti piace?» chiese il cagnolino, ancora più lusingato e ancora più incurante. «È il mio vestito da Indiana Jones. Me lo hanno comprato i miei nuovi padroni. Dovresti vedere quanti meravigliosi abitini mi hanno regalato. Se vuoi un giorno potresti venire a trovarmi, ti offrirei una tazza di tè e pasticcini e potrei farti vedere i miei vestiti».
«Sicuramente», rispose Lucy, cercando di non apparire scortese. Cercò di allontanarsi al fine di trovare un altro luogo all'ombra che fosse impenetrabile a tipi strambi come quello, ma il chihuahua le bloccava la strada.
«Ascolta», chiese Ci, «avrei voglia di esplorare meglio la zona. Sapresti indicarmi un qualche luogo

interessante?».
«Non lo so,» rispose Lucy, «credo che nei dintorni non vi siano luoghi sicuri, soprattutto per uno come te».
«Come mai?» chiese il chihuahua, sempre più incuriosito.
«Per esempio», rispose la lucertola, voltandosi e indicando un punto in lontananza. «Lo vedi quel muro là in fondo?».
«Aspetta». Ci armeggiò con la zip della piccola bisaccia che aveva appesa in vita ed estrasse un minuscolo binocolo. Lo inforcò e prese a scrutare l'orizzonte.
«Adesso sì», disse dunque.
Lucy scosse velocemente la testa, ostentando confusione da tutti i pori. Si costrinse comunque a rispondere, nel disperato tentativo di liberarsi il prima possibile di quello strano essere.
«Bene, quel muro è il confine ultimo della fattoria. Scavalcandolo si entra in pieno territorio dei tassi. Fossi in te, ci starei alla larga».
«E quello color carota?» chiese Ci, continuando a osservare con il suo mini binocolo.
«Oltre quello si entra nel territorio dei Quattro Moschettieri. Sono quattro cani che difendono i campi intorno alla fattoria dai predatori».
«Sì, sì», soggiunse il cagnolino. E sebbene avesse parlato con loro solo una volta, aggiunse: «Li conosco, ormai siamo grandi amici!».
A queste parole, Lucy lo squadrò per un attimo, dopodiché gli ingiunse: «Sì, ma è meglio non avvicinarsi. Prova a scavalcare quel muro e usano le tue ossa per stuzzicadenti».
«Va bene», convenne il cane. Non voleva disturbare i

suoi amici al lavoro. «C'è un luogo sicuro da visitare?».
«Be', ci sarebbe il ruscello. A fine estate, è quasi interamente coperto di fiori», rispose la lucertola. «Devi costeggiare il campo di granturco per mezzo miglio, superare il ponte e... forse da lì è meglio se chiedi, perché non sono molto pratica di quella zona».
«Allora la ringrazio molto, signora lucertola», la salutò il cane avviandosi. «Spero di rivederla presto».
«Certo!» esclamò Lucy con sarcasmo, prima di rifugiarsi fra i cespugli di lillà e pregando affinché Bill lo venisse a prendere e gli impedisse così di andarsene a spasso combinando chissà quale guaio.
Ci sorrise e percorse il sentiero indicatogli dall'amica lucertola. Il granturco luccicava al sole come un fiume dorato. Si trattenne dall'addentare una di quelle fantastiche pannocchie.
«Che ragazza simpatica», pensò il chihuahua fra sé. «Chissà se ha già un fidanzato; in quel caso, mi piacerebbe davvero consigliarla sulla scelta di un eventuale abito da sposa...».
«Ehi attento!» brontolò un'altra lucertola che per poco non finì sotto le sue zampe. «Guarda dove metti le zampe, straniero!».
«Salve!» esclamò Ci allegro. «Mi scusi se l'ho importunata. Piacere, io sono...».
«Sì, so perfettamente chi sei!» rispose la lucertola irritata. «Sei quel "buffo coso" che abita nella fattoria».
«Non sono un "buffo coso"!» esclamò dispiaciuto; ora che questo suo nuovo interlocutore, non aveva accennato al suo bizzarro vestito, le orecchie avevano ripreso a funzionargli. «Sono un cane da guardia. Un

coraggioso chihuahua chiamato Ci».
«Coraggioso chihuahua», gli fece eco la lucertola.
«Sì», replicò il piccolo. «È così che dovreste chiamarmi».
«Mmmm», fece la lucertola, serrando le labbra. Poi proseguì: «Comunque cosa ci fai tutto solo, così lontano dalla fattoria? Bill ti ha lasciato andare senza nemmeno accompagnarti? Domani mattina, come prima cosa, avvertirò sua nonna e voglio proprio vedere...».
«No, no», lo interruppe Ci, sgranando gli occhi. «Non sa che sono qui. È partito assieme al padrone questa mattina presto».
«Ah, sì?» chiese la lucertola. «E allora, perché mai ti stai aggirando tutto solo per la campagna?».
«Vede», rispose Ci. «Io amo fare le esplorazioni. E volevo trovare un posto adatto per godermi questo bel freschetto... una lucertola come lei poc'anzi, mi ha indicato la via per il ruscello».
«Una lucertola?» chiese il nuovo amico. «Per caso, si chiamava Lucy?».
«Sì», replicò il piccolo chihuahua. «Ma non capisco...».
«Io sono Romeo, il marito di Lucy», rispose la lucertola.
Ci sgranò gli occhi dallo stupore.
«Davvero? Che cosa romantica!» esclamò il cane, congiungendo le zampe.
«Eh, già», fece Romeo, alzando gli occhi al cielo. «Così ti ha indicato il sentiero, eh? E cosa ti ha detto?».
«Niente di che», rispose il cagnolino, sempre più felice di incontrare nuovi e simpatici amici. «Mi ha indicato la via per il ruscello e mi anche saggiamente suggerito di chiedere più avanti. Lei non è molto

pratica della zona».
«Infatti», proseguì Romeo, guardandosi intorno. «Immagino che ti abbia indicato la strada che porta al ponte. Dopodiché dovresti girare a sinistra; tienilo bene a mente, altrimenti ci rimani».
«E perché mai?» chiese.
«A destra, dopo aver percorso circa cinquanta metri, c'è un pozzo», spiegò Romeo con un sospiro. Lucy si era cacciata chissà dove e riuscire a scovarla fra quel campo enorme, era più o meno come cercare un ago in un pagliaio. E quel cagnolino non sembrava così sveglio da poterlo aiutare nella sua ricerca. Tuttavia, come sua moglie poc'anzi, volle comportarsi in maniera civile e indicargli la via. Gli animali che popolavano la valle cooperavano volentieri con quelli della fattoria del vecchio Jacob, soprattutto ora, con l'autunno alle porte, e i tassi smaniosi di carne fresca.
«Un pozzo?» chiese il piccolo cane. «Come quello di Biancaneve?».
«Non si riesce a vedere per via delle varie erbacce che vi crescono intorno», proseguì a spiegare Romeo, ignorando quest'ultima domanda. «Quindi mi raccomando, non svoltare a destra».
«Roger!» fece Ci, con un cenno secco della testa.
«Eh?».
«Ho capito».
Ci salutò amichevolmente anche questo suo ultimo amico e proseguì per la sua strada. Intanto, come al solito, si perse nei suoi pensieri.
"Questo posto mi piace da morire" mormorò fra sé. "È così pieno di animali interessanti e ospitali, be', tranne quel famelico gattaccio. Lui dice di no, ma

sono più che convinto che abbia rovinato di proposito il mio catalogo della collezione autunno/inverno! Per fortuna, posso contare sull'appoggio degli altri amici e della famiglia del padrone. Lì tutti sono simpatici e le cose da mangiare sono molto buone. Chissà, magari mi capiterà di vivere avventure mirabolanti... come un personaggio dei film Disney. A proposito devo chiedere a Bill se per Nata-le mi può regalare il vestito di Bambi. Sono sicuro che accetterà immediatamente! Forse, uhm... forse, non dovrei chiederglielo così, di colpo. Potrebbe rifiutare... magari fra un paio di mesi, mentre ci si prepara alla Festa di Fine Autunno...". «Arghh!».
Ci cadde, inciampando sopra uno strano esserino nero che gli aveva sbadatamente tagliato la strada.
«Arghh!» fece l'esserino, emettendo un suono fra una risata e un sospiro. «Ma che diamine...».
Ci, impolverato fino alla coda, si rialzò a fatica, recuperando il capello che era andato a finire fra alcune sterpaglie. Rimettendosi in piedi, si accorse che l'essere che gli aveva tagliato la strada e in seguito emesso quel rumore fra una risata e un sospiro, non era altri che un ragno femmina. Seppe che si trattava di un esemplare femminile, poiché indossava un fazzoletto in testa color prugna a pois bianchi, fermato sotto il mento da un doppio nodo. Nella zampetta destra stringeva un minuscolo cestino, dal cui bordo sporgeva una mosca passata a miglior vita. Notando che si trattava di una vecchietta, decise di comportarsi il più educatamente possibile.
«Mi perdoni se l'ho spaventata, signora».
«Non ti preoccupare, ragazzo», rispose la vecchietta

in un soffio. «Ormai non mi stupisco più di nulla. Voi giovani d'oggi, siete una fantasmagoria di distrazione!».
«Mi dispiace...», replicò nuovamente il cagnolino contrito.
La vecchina alzò i pallidi occhi tripli, osservandolo a lungo. Ammiccò leggermente e poi chiese:
«Ma tu per caso sei quel "buffo coso" da poco arrivato nella fattoria?».
«Ehm... sì», rispose Ci con un sorriso. Decise di non offendersi più se gli animali dei dintorni lo chiamavano "buffo coso", in fondo essere diventato il fenomeno del momento lo estasiava abbastanza da fargli dimenticare il resto. «Mi chiamo Ci. E lei chi è?».
«Mi chiamo Marietta», replicò il ragno. «Sono appena andata a fare la spesa».
«Comparato niente di buono?» chiese il cagnolino, che sperava di fare amicizia anche con questa vecchia signora. La mamma gli aveva insegnato che gli animali più anziani erano da considerarsi una vera e propria ricchezza, date le storie che sapevano raccontare e la loro saggezza.
«Mah, niente di che, figliolo», rispose Marietta. Anche in questo caso, si sentì chiedere: «Piuttosto, ma cosa ci fai tutto solo in mezzo alla campagna?».
«Mi sto dirigendo verso il ruscello», rispose Ci con un sorriso.
«Be', allora mi raccomando», replicò la vecchina. «Stai attento, perché il mondo è un luogo di perdizione, molto diverso da com'era ai miei tempi». Lo osservò con piglio circospetto. «E nella mia vita ho visto e sentito di cose che non immagini».

Ci sapeva che i ragni vivono al massimo due anni, quindi era quasi impossibile che avesse visto più cose di lui, che una volta era persino stato in centro commerciale, oltre che alla sfilata di moda di cui aveva parlato al suo arrivo! Tuttavia coerente con ciò che gli avevano insegnato, non volle mortificarla.
«Wow!».
«Eh già, figliolo», sospirò la vecchietta.
«Potrebbe farmi un esempio?» chiese il cagnolino in tono cordiale.
«Devi sapere,» prese a narrare Marietta, «che prima di trasferirmi qui, avevo intessuto il mio nido fra le minuscole sospensioni di una giostra. Vivevo in un grande Luna Park, che ogni sera alla stessa ora, si illuminava e brillava come polvere di fata. Luci dai mille colori che davano vita anche al luogo più buio. E gli abiti, Ci, un incanto di ricami. Parola mia, opere d'arti, non semplici vestiti».
A queste parole, il chihuahua, che fino a quel momento aveva ascoltato a fatica il racconto della nonnina, esclamò, sgranando gli occhi dallo stupore: «Davvero! Oh, quanto mi sarebbe piaciuto poterli vedere».
«Credo che qualcuno sia ancora visibile», disse il ragno. «Mi pare che dopo la chiusura del Luna Park, abbiano istituito un museo per onorare i cimeli».
«Un giorno ci andrò», affermò Ci, mentre fiamme di convinzione, divampavano negli occhi entusiasti. «Non m'importa quanto costerà, devo assolutamente vederlo».
«In ogni caso,» proseguì la nonnina, con un sorrisino, «il nostro Luna Park, non era famoso solo per i vestiti, ma anche per spettacoli a dir poco entusia-

smanti. C'era un uomo che riusciva a ingoiare il fuoco».
«Oh, no», mormorò Ci. «Avete avvisato il Centro Ustionati?».
«Una donna che riusciva a camminare sull'acqua».
«Questa l'ho già sentita».
«Il funambolo bendato».
«Non sarei riuscito a guardare!».
«L'uomo bandiera».
«Veniva ammainato nei giorni di pioggia?».
«E la mia preferita», concluse Marietta, che finora aveva cercato di ignorare i commenti del cane. «La maga dei tarocchi».
Ci aggrottò le sopracciglia.
«Era una vecchia», spiegò il ragno, «che leggeva il futuro nelle carte. Era la stella del Luna Park, grazie a lei e alla sua arte, accorrevano visitatori da ogni parte della regione. Anch'io ero molto curiosa circa le sue abilità, così decisi di svernare nel suo carrozzone. Imparai la lettura e mi costruii da sola dei tarocchi. Ero giovane, allora, e avevo energie da vendere».
«Quindi lei vede nel futuro!» esclamò Ci estasiato.
«Be' non esageriamo!» balbettò il ragno, arrossendo leggermente.
«Potrebbe leggere i tarocchi per me?» chiese il cagnolino con sguardo supplichevole.
«Ehm, non so se è il caso», replicò Marietta.
«Per favore!» la pregò il cagnolino, sbattendo gli occhi e facendo sporgere il labbro. «Prometto che non piangerò né mi spaventerò».
«Qualunque sia il responso?» chiese il ragno.
«Qualunque sia il responso», confermò il chihuahua deciso.

«Molto bene», replicò il ragno in un soffio.
Marietta posò a terra il cestino e vi frugò per qualche secondo. Estrasse dunque, un mazzo di carte minuscole che mischiò e posò sul terreno. Rimase a fissarle come ipnotizzata per qualche istante, per poi sceglierne tre e disporle a qualche centimetro dalle zampe di Ci. Quello che il cane vide furono un uomo con un capello da clown in testa, una signora incoronata e un ragazzetto a testa in giù.
«Mnh», fece Marietta studiandole. «Molto interessante, davvero molto interessante».
«Cosa dicono?».
«A quanto pare», esordì il ragno. «Presto verrai a conoscenza di un fatto misterioso e oscuro che ti farà vivere una fantastica avventura».
«Wow!» esclamò il cagnolino elettrizzato.
«Eh, già», disse il ragno, picchiettando con le zampette filose, sulla carta che raffigurava la donna incoronata. «Nessuno dubbio in merito, nessun dubbio».
«Lo sapevo», disse Ci, giungendo le zampe. «Sapevo che avrebbero dato un responso positivo».
«Buon per te, dunque», ribatté Marietta, raccogliendo le carte e riponendole nella borsa. Poi diede un'occhiata alla posizione del Sole. «Be', ora sarà meglio che vada. Mi ha fatto davvero piacere conoscerti, figliolo. E mi raccomando, stai attento».
«Senz'altro, signora», rispose il chihuahua, «e grazie».
Ci si congedò dalla vecchina e proseguì il suo viaggio. La lettura dei tarocchi lo aveva davvero stregato. Tuttavia, la botta che aveva preso, iniziò a farsi più dispettosa di quanto potesse immaginare. La confusione lo attanagliò, impedendogli di distinguere

bene il paesaggio; così si ritrovò a ridosso di un vecchio muro sbrecciato, con edera rampicante che lo ricopriva quasi interamente. Controllò nuovamente la bussola, che essendo di plastica indicava sempre il Nord. Da parte sua, Ci non aveva mai compreso appieno il significato dei punti cardinali. Sua madre aveva provato a spiegarglieli ma continuava a confondersi. Decise di costeggiare il muro per un centinaio di metri. Preso dal panico, iniziò a preoccuparsi.

"Non capisco", mormorò il chihuahua, guardandosi intorno impaurito. "Eppure ho seguito alla lettera le istruzioni di quella lucertola. Dovrei avere già incontrato il ruscello, ma non riesco a proprio a vederlo".

Notando che il cielo cominciava ad annuvolarsi, iniziò a singhiozzare. Richiamato da quei lamenti sibilanti, un grillo saltò su un sottile filo di sterpaglia, a pochi centimetri dalla sua faccia.

«Ehi, amico», esordì l'insetto. «Perché stai piangendo?».

«Mi sono perso», mormorò il chihuahua asciugandosi gli occhi, per poi posarli su quel grillo tanto gentile. «Non trovo più la strada...».

Ci lo osservò per qualche secondo e poi parve recuperare l'allegria.

«Tu sei per caso il Grillo Parlante?» chiese infatti al suo interlocutore.

«Il Grillo Parlante?» gli fece eco l'insetto.

«Sì, quello di Pinocchio», rispose Ci in tono ovvio.

«No, io mi chiamo Spillo», spiegò il grillo. «E soprattutto, non conosco nessun Pinocchio».

«Ah, mi sembrava», fece Ci in tono cordiale. «Sei molto somigliante».

«Già», mormorò il grillo. Poi continuò con maggiore enfasi. «Come mai ti sei perso? Da che parte devi andare?».
«Volevo andare verso il ruscello», spiegò Ci, asciugandosi gli occhi. «Ma poi non so perché, mi sono ritrovato qui».
Spillo continuò a osservarlo con la testa leggermente piegata da un lato. Poi gli fece la consueta domanda.
«Ma tu non sei quel "buffo coso" che vive nella fattoria di Bill?» chiese il grillo.
«Sì», rispose, gonfiando il petto. «Io mi chiamo Ci e sono il nuovo cane da guardia».
La bocca di Spillo si atteggiò a una smorfia.
«Credo che con questo tempo così variabile», osservò Spillo, «non sia prudente girare per la campagna».
«Cosa mi consigli di fare, allora?» chiese il chihuahua.
«Devi tornare alla fattoria», rispose il grillo. «Sai, questa zona è quasi disabitata. Vengono solo per la trebbiatura e per raccogliere il grano; il resto dell'anno è del tutto deserta. Per quel che ne so, solo io e la mia famiglia abitiamo qui».
«Davvero?» chiese interessato. «Ma allora che strada mi consigli di prendere per tornare a casa?».
«Ti sei allontanato per quasi tre chilometri», constatò l'insetto. «Dunque...dovresti voltarti e proseguire fino all'albero di mele...».
«Mele?» chiese Ci, con una luce negli occhi, che parve scacciar via le preoccupazioni. «Il mio cibo preferito! Avevo giusto fame...».
«No!» esclamò il grillo, interrompendolo. «Stavo appunto per dirti che non devi assolutamente avvicinarti a quell'albero».
«E perché?».

«Devi sapere», proseguì il grillo, «che quel luogo è dominato dalle vespe. La loro insopportabile e vanitosa regina, Drizella, lo sottrasse alla povera Perlina, la sovrana del regno dei bombi, dopo una terribile guerra. Ora le vespe sono le padrone incontrastate di quel luogo e quando decidono di attaccare, lo fanno senza mezzi termini».

«Ho sempre pensato che solo gli uomini si facessero guerra fra di loro», mormorò Ci, rapito da quel racconto. Le storie di avventura come quella lo entusiasmavano moltissimo. «Comunque cercherò di arrivare fino all'albero di mele e poi da lì chiederò».

«Mi raccomando, fai attenzione», lo salutò il grillo.

Ci riprese il suo cammino, stando bene attento a dove metteva i piedi, impaurito com'era dalle vipere e dalle bisce che popolavano quella zona. Lo aveva appreso un giorno, mentre Bill ne parlava con Paul. Si chiese se non fosse già di ritorno e se, non trovandolo, fosse partito alla sua ricerca.

Ci si imbatté ben presto in quello che sembrava l'albero di mele incriminato. I frutti erano rossi, profumati e giganteschi. Non vi era nessuna vespa di guardia e, più in generale, nessuna di loro nel raggio di dieci metri. Quasi, quasi...

«Eh, no!» esclamò una voce roca e irritata.

Il cagnolino si voltò e si ritrovò di fronte a un bombo piuttosto in là con gli anni, che si sorreggeva a un bastone lungo la metà di uno stuzzicadenti e una leggiadra farfalla macaone, anch'ella già abbastanza anziana. Sorrise a quest'ultima, mentre guardò schifato il bombo.

«Perché quella faccia?» chiese l'insetto con fare sospetto.

«Ehm...», rispose Ci, cercando di non offenderlo e trovare una scusa che fosse quanto meno credibile. «No, è che...».
«Lascia perdere», lo interruppe il bombo in fretta. «So quello che stavi pensando!».
Il chihuahua non rispose, chiedendosi come mai gli animali anziani che popolavano quei luoghi, fossero dotati di straordinarie abilità.
«Piuttosto», esordì la farfalla, svolazzandogli intorno e facendogli anche lei la stessa domanda. «Cosa ci fa un cagnolino come te in mezzo alla campagna?».
«Mi sono perso», spiegò, sperando che i due insetti, o uno solo dei due, conoscessero la strada per tornare alla fattoria. «Sto cercando di tornare alla fattoria...».
«La fattoria?» intervenne il bombo, in tono animato. «Quella di Bill?».
«Sì», rispose Ci con forza.
«Ah, e come sta Bill?» chiese la farfalla in tono cortese, deludendo un po' Ci, il quale si aspettava di essere riconosciuto anche da questi due insetti. «Bene, credo», rispose il chihuahua. «O almeno stava bene questa mattina prima di partire».
«Ora capisco», replicò il bombo. «Ecco perché sei tutto solo in mezzo al nulla. Bill non ti avrebbe mai permesso di allontanarti dalla fattoria, lasciandoti in balia di un territorio sconosciuto».
«Vorrei sapere una cosa» esordì il piccolo Ci che, trovandosi ora in buona compagnia, sembrava non aver fretta di rientrare. «È vero che quell'albero di mele appartiene alle vespe? E che se ne sono impossessate dopo una sanguinosa battaglia?».
«E sì, purtroppo», rispose il vecchietto, sedendosi su un enorme margherita. «Ed è anche una lunga storia,

dubito che tu...».
«Voglio ascoltarla!» lo interruppe Ci con enfasi. «Adoro le storie avvincenti e inoltre sapere come le vespe sono arrivate a colonizzare quell'albero, potrebbe essermi utile in futuro».
«Non vedo come questo potrebbe succedere», mormorò il bombo. «Comunque, se ci tieni tanto...».
L'insetto si schiarì la gola, mentre Ci sedette sulle zampe posteriori preparandosi a quell'affascinante storia.
«È stato tanto tempo fa», cominciò l'insetto. «Io non ero ancora nato. La famiglia di mio nonno arrivò qui durante l'estate e si stabilì nell'albero di mele, famoso in tutta la regione, sia per l'abbondanza di cibo, sia per la protezione che fornisce dai predatori. Mio nonno credeva fosse una buona sistemazione e anche le api, nostre vicine, lo reputavano un buon affare».
«Le api sono degli insetti davvero simpatici», disse Ci. E poi, visto che ci teneva a fare bella figura, aggiunse: «Quando ero ancora un cucciolo, la mamma mi spiegò che tengono in piedi l'ecosistema. Se non fosse per loro, non ci sarebbe più vita sulla terra. Non solo, il miele da loro prodotto è uno, se non l'unico, fra gli alimenti in grado di restare commestibile per centinaia di anni. Bisognerebbe ringraziarle ogni giorno per il lavoro che svolgono».
«Mi piacciono le api. E sulla loro laboriosità non ho nulla da ridire, figliolo», convenne il bombo. «Proprio per queste loro innate abilità e per la gentilezza mostrata nei nostri confronti, decidemmo di lasciare a loro le nostre vecchie case e trasferirci».
«Avete fatto bene», disse Ci, alzando le spalle. «È

giusto premiare chi ci aiuta nella vita di tutti i giorni. Io facevo così con la mia mamma; le facevo sempre dei regali. L'ultima volta le ho preso un profumo di Laura Biagiotti. Sapessi com'era felice di quel regalo! Era la sua stilista preferita».

«Sì», rispose il bombo lentamente, come per dare l'impressione di aver capito perfettamente a cosa alludesse. Era in piena crisi di mezz'età e l'ultima cosa che voleva era passare per un vecchio rimbambito. Così conoscere nomi di gente famosa, adottare un linguaggio giovanile ed essere il più possibile eloquente quando si trattava di parlare di queste cose, era diventato di vitale importanza.

«Drizella», continuò l'insetto. «Una giovane vespa, perfida come un serpente e astuta come una faina, raccolse un discreto numero di soldati e li plasmò a sua immagine e somiglianza. All'epoca, le vespe vivevano sull'albero di nocciolo a chilometri da qui, ma oltre che essere poco ospitale a causa della mancanza di cibo, un nutrito gruppo di rami pendeva da un lato del muro, in balia dei predatori; quando arrivarono, le vespe diedero vita a quella che passò alla storia come "La Guerra dei Fiori"».

«"La Guerra dei Fiori?"» gli fece eco Ci. Non voleva mancare di rispetto al racconto del bombo, ma quest'ultimo nome gli fece venire in mente un film che aveva visto da cucciolo.

«Persi mio nonno durante la battaglia», aggiunse il bombo con gravità.

«Mi dispiace», sussurrò Ci contrito.

«Anche a me», replicò il bombo. «I bombi fronteggiarono coraggiosamente le vespe ma Perlina, la nostra regina, essendo vecchia e debole, decise di consegnare l'albero agli invasori. Fortunatamente, gli agricoltori avevano piantato un altro albero, di prugne questa volta e, nonostante le proteste da parte di alcune talpe che vivono tuttora in quella zona, ci stabilimmo lì. Venne firmato il "Trattato dei Tronchi" che oggi è custodito da cinciallegra di nome Pallino».

«Pallino?» chiese Ci. «Io lo conosco, lui è un membro onorario della nostra fattoria!».

«E anche un brontolone», aggiunse la farfalla, che durante tutto il racconto si era posata sulla spalla di Ci.

«Il suo cervello non è in buone condizioni, questo è vero», disse il bombo annuendo. «Ma si è rivelato un ottimo guardiano, in grado di custodire abilmente il trattato e di fare in modo che venga rispettato».

«Stasera gli chiederò qualche altro particolare su questa guerra così famosa», decise Ci con aria sognante. «Sono sicuro che Perlina e Drizella sono due regine magnifiche, perfette per un libro di fiabe».

«Io non ci giurerei», replicò la farfalla. «Drizella era sboccata e impertinente. Perlina, ecco, diciamo che non era proprio uguale, ma poco ci è mancato».

Ci stava per replicare, quando un'ombra gigantesca, prese a incombere minacciosamente su di lui. Preoccupandosi che si trattasse del temporale ormai iniziato, si voltò.

L'enorme ombra apparteneva niente di meno che a Bill, il quale osservava Ci con un'aria molto più infuriata del temporale in arrivo.

«Ci, che tu sia dannato!» esclamò il cane, urlandogli contro, tanto che il chihuahua rischiò seriamente di volare via come una foglia secca. «Sono tre ore che ti cerco, il padrone è quasi morto dalla preoccupazio-

ne!».
«Ciao Bill», lo salutò cordialmente il cagnolino, sperando di risolvere la questione in maniera pacifica e soprattutto cercando di non rimetterci le costole. «Come stai? Eri già stato da queste parti prima d'ora? Guarda che amici simpatici ho incontrato!».
Bill sollevò lo sguardo e fissò fieramente il bombo e la farfalla.
«Orazio, Fiorenza», esordì Bill, chinando il capo in cenno di rispetto. «Spero che questa piccola peste non vi abbia importunato!».
«Importunato?» rispose il bombo chiamato Orazio, aggrottando le sopracciglia. «Assolutamente no, gli ho appena finito di raccontare a proposito della "Guerra dei Fiori". Non ho mai conosciuto un ragazzo della sua età interessato alle chiacchiere degli animali più anziani».
«Io non ho mai conosciuto uno come lui, in generale», rispose Bill a bassa voce, mentre Orazio si morse la lingua, vista la portata umiliante che aveva l'ultima parola da lui pronunciata.
«Come?» chiese Fiorenza, tendendo un orecchio.
«Non importa», rispose Bill, fissando Ci. «Andiamo, e prega di trovare il padrone di buonumore, altrimenti ti farò fare compagnia alle patate per la cena di stasera!».
«Arrivederci», fece Ci salutando i suoi nuovi amici.
«Torna a trovarci presto», lo salutò Orazio.
«Senz'altro», rispose il chihuahua con un sorriso. Poi si rivolse a Bill. «Sapessi che avventura mirabolante ho vissuto».
«Ti darò un morso mirabolante, piuttosto», rispose Bill con un ringhio. «Come ti è saltato in mente di

abbandonare la fattoria, per andare a passeggio a pochi metri dal territorio dei tassi? Vuoi fare il cane da guardia e te ne vai a spasso? Il nostro padrone temeva che ti avessero rapito!».

«Non arrabbiarti», rispose Ci contrariato. «Mi sono anche perso, lo sai?».

«Non stento a crederlo», disse Bill, mentre superavano un grosso formicaio. Ci rallentò il passo per inseguire delle formiche in fila. Una di loro portava un enorme chicco di grano sulle spalle.

«Cammina», gli ingiunse Bill, prendendolo per una zampa. «Non ti avvicinare».

«E perché?» chiese il cagnolino. «Sono solo formiche!».

«Non conosci la loro regina», rispose Bill con forza. «Quella serpe di Zanzinia! Lo sai che una volta ha mandato un battaglione delle sue all'assalto del nostro campo di grano? Per poco non rimanevamo a secco».

«Non lo ha fatto apposta», la giustificò Ci, anche se non la conosceva. Ormai era un grande fan delle regine insetto passate e presenti della zona.

Bill gli lanciò un'occhiata fra la commiserazione e lo sgomento, dopodiché continuarono il cammino verso la fattoria.

«Be', credo che ora sia opportuno farsi una doccia», esordì Ci, una volta arrivati e incamminandosi verso la salita che portava a casa. «Sono tutto appiccicoso».

«Vedi di farti vedere», gli consigliò Bill riprendendo la sua consueta postazione.

Ci annuì arrancando verso la salita e inciampando più volte fra le irregolarità del terreno.

«Una doccia?» mormorò Bill fra sé. «Ah, che damerino, mica è Natale!».

UNA MATTINATA PER ALLENARSI, UNA MATTINATA DISPERARSI

Le foglie degli alberi cambiarono lentamente colore, raggiungendo una tonalità grigio-verde. Gli scoiattoli, i ghiri, i moscardini e gli insetti che abitavano la campagna si preparavano a svernare, raccogliendo nocciole, frutta secca e altro cibo con il quale speravano di superare l'inverno, che in quella zona era sempre molto rigido. Le giornate si accorciarono e le stelle presero a decorare il cielo notturno ogni giorno sempre più in anticipo. I venti freddi guadagnarono terreno, costringendo il caldo estivo a battere in ritirata. Le piogge si intensificarono, nutrendo la terra arida e dura come il marmo, costringendo insetti e uccelli a cercare riparo dalle gocce impietose. Rick si aggirava malinconico per il cortile, raccogliendo qualche provvista trasportata dal vento e gettando occhiate da film strappalacrime al sole morente. Pallino intensificò le sue esercitazioni per la Tombola; Paul cercò senza successo di convincere Giuseppe e i suoi amici pulcini delle fattorie confinanti, che l'autunno non recava con sé niente di spaventoso; Nino si preparava per la gara che si sarebbe tenuta circa due mesi più tardi, i cui premi erano una medaglia grande quanto un coprimozzo e una fornitura per un anno di pastone, e Ci prese a spremersi le meningi, per far sì che Bill gli regalasse per Natale il costume da Bambi che tanto desiderava.

Nella mattinata luminosa che seguì una tempesta elettrica, accompagnata da vento e grandine che aveva tenuto col fiato sospeso l'intera valle, Bill

decise di ignorare i consigli dei suoi amici e allenare il piccolo Ci nell'arte della guardia e difesa personale. A fargli cambiare idea, era stata la fantastica avventura del piccolo chihuahua e la sua capacità di perdere l'orientamento, paragonabile solo al navigatore che il padrone teneva nella sua auto. Non poteva certo rischiare che si perdesse nuovamente e che l'intera fattoria si mobilitasse in suo soccorso. Quest'ultima eventualità poteva essere presa come un segno di debolezza e con i tassi sempre più inquieti, doveva essere assolutamente evitata.
Bill decise dunque, di convocare Ci qualche ora dopo colazione e di iniziare l'allenamento in quella mattinata poiché, a differenza delle precedenti, sembrava non essere sul punto di guastarsi irrimediabilmente.
Il cagnolino arrivò puntuale, vestito di tutto punto; indossava una tuta da ginnastica verde pistacchio con fascia e polsini coordinati; si guardò attorno con l'aria radiosa di sempre, non tenendo minimamente conto della faccia confusa che Bill stava esibendo, mentre lo osservava preoccupato.
«Allora?» chiese il cagnolino, dopo avere bevuto una specie di bevanda energetica di colore azzurro elettrico che aveva appesa alla cintura. «Dove sono i pesi?».
«Ci,» esordì Bill lentamente, «non ci sono pesi!».
«Ma pensavo dovessimo allenarci,» alzando le spalle, «devo aver sbagliato giorno... meglio che me ne torni in casa».
Fece per andarsene ma Bill lo afferrò per la collottola.
«Stammi a sentire», disse, sollevandolo da terra e mettendo il viso a un centimetro dal muso del cagnolino. «Noi oggi ci alleneremo in difesa e attacco.

Di pesi non ce ne sono. E anche se ce ne fossero, tu non saresti in grado di sollevarli. Nemmeno quelli da un etto!».

«Veramente», rispose il piccolo chihuahua, per niente spaventato nell'essere così a portata di denti di quell'enorme cane e alzando in fretta la zampina. «Prima di essere adottato, mi esercitavo moltissimo con i pesi e la sbarra...».

«La sbarra ti finirà in testa, se non la smetti», lo interruppe Bill, riposandolo a terra.

«Io proprio non ti capisco», riprese, quasi non accortosi di essere tornato al suo elemento naturale. «Pensavo di averti impressionato abbastanza, quando ti ho raccontato di aver combattuto contro uno scarafaggio e che non avessi la minima intenzione di allenarmi. Perché hai cambiato idea?».

«Ci,» cercò di spiegare pazientemente Bill, «gli scarafaggi non sono nostri nemici, ce ne sono altri di ben più pericolosi. Inoltre, senza offesa, ma uno scarafaggio non è esattamente ciò che si dice un temibile avversario».

«Ma io ho lottato fino allo stremo delle forze», protestò il chihuahua.

«Ed è proprio per questo che devo allenarti!» esclamò Bill. Poi continuò più in fretta che poté. Se avesse indugiato ancora su quella discussione, entro fine giornata lo avrebbero dovuto ricoverare urgentemente da "Frizzi e Crismi", la clinica psichiatrica per animali che era sorta in città una decina di anni prima. Bill aveva sempre pensato che fosse una stupidaggine, ma con animali come Ci e Pallino a piede libero, ora non ne era più tanto sicuro.

«Dici così solo perché sono piccolo!» protestò il

cagnolino, fissandolo intensamente. «Sei un bigotto con paraocchi incorporati! Anche noi cani di piccola taglia sappiamo essere coraggiosi e utili!».
«Senti», replicò Bill. «Socrate, il cane che mi ha allevato, mi ha insegnato a non giudicare un animale dalle dimensioni. Quindi il problema non è la taglia, è per come ti presenti e comporti!».
«Si può essere coraggiosi ed eleganti allo stesso tempo!» ribatté il chihuahua. «Nino mi dà ragione, perché non puoi farlo anche tu?».
Bill emise un profondo sospiro.
«Pensi che sia facile per me?» chiese il chihuahua, con le zampe sui fianchi. «Prima di venire qui la mia vita era molto impegnata, sai? Io ho anche una fidanzata!».
«Che cosa?» chiese Bill con gli occhi fuori dalle orbite, cercando di evitare di pensare a quale cagnolina tanto disperata, potesse interessare uno come Ci. Fu quest'ultimo a fugare ogni suo dubbio.
«Ho una fotografia», mormorò, frugando nel marsupio color carota. Con un guizzo, tirò fuori l'immagine di quella che sembrava una volpina dal manto nero, con indosso un abito di tulle verde. In testa portava una coroncina di perline e aveva il muso atteggiato a una smorfia irata. Si intuiva chiaramente il suo disappunto verso gli abiti che era stata costretta a indossare; tuttavia, Bill pensò che non fosse il caso di dirlo a Ci.
«Lei è Principessa», spiegò il cagnolino, voltando la foto verso di sé. «Oh, poverina. È tantissimo tempo che non la sento».
«Ma non mi dire», fece Bill con palpebre socchiuse. «È una tragedia epocale, fossi in te mi rivolgerei

all'FBI per un controllo».
Bill si pentì subito di queste ultime parole. C'erano buone possibilità che Ci lo prendesse in parola e seguisse il suo consiglio. A quel punto, tenere a bada i tassi sarebbe diventato l'ultimo dei problemi.
«La mia Principessa», sospirò il cagnolino, fissando la foto come in trance. Per fortuna, non sembrava affatto interessato alla proposta di Bill. «Sai cosa potresti fare?».
«Che cosa?» chiese il cane lentamente, sperando che non gli chiedesse di portarla lì e far diventare quella fattoria una specie di rifugio per cani.
«Volevo chiederti il costume da Bambi per Natale», replicò il chihuahua pensieroso. «Ma ora come ora, mi farebbe comodo un telefonino. Sono sicuro che sarebbe meno triste se potesse sentirmi tutti i giorni. Ha pianto quando sono andato via».
«Io non ti regalerò affatto un telefonino per Natale», replicò Bill con enfasi. Poco ma sicuro, Ci con la sua petulanza, era in grado di stendere anche il più temibile dei predatori.
«E come farò con Principessa?» chiese Ci allarmato.
«Dovrai arrangiarti», rispose il cane saggiamente. «E poi, se le piaci davvero, non ti dimenticherà tanto in fretta».
«Sei sicuro?» chiese il cagnolino con gli occhi scintillanti di speranza.
«Senz'altro».
«Allora tutto bene», rispose Ci, riponendo la foto nel marsupio.
"Uno come te, non si dimentica", pensò Bill, osservandolo trafficare con la cerniera inceppata. "O meglio, un incubo come te non si dimentica".

«Allora cominciamo?» chiese il cagnolino. «Dovevamo allenarci, giusto?».
«Prima di tutto è necessario istruirti nella teoria», esordì Bill. «Ti dice niente la frase *"Trattali con amore, ma non divenirne lo schiavo"*?».
«La mia mamma me ne accennò qualcosa, se non ricordo male», replicò Ci, pensieroso. «Ma non ho mai approfondito».
«Lo sospettavo», replicò il cane. «Vedi, è una frase molto importante, non solo per la nostra fattoria, ma per l'intera comunità animale. Devi sapere che tanti anni fa...».
«Ehm, ma perché adesso ti metti a raccontarmi le favole?» lo interruppe Ci, con la testa piegata da un lato.
«Mi lasci finire, o no?» replicò Bill, sbuffando. «Tanti anni fa, oserei dire almeno cent'anni, in questa valle viveva un uomo chiamato Ignatius Raicis. Era figlio di un cavaliere che aveva come vessillo una mandragola violetta in campo nero. Ignatius era un uomo molto gentile, amava gli animali e sin da piccolo dimostrò un grande interesse per l'arte e per la letteratura. Diventato adulto divenne uno scultore di fama mondiale e in vecchiaia si ritirò a vivere nella foresta. Trovata una quercia gigante, rappresentò, intagliandola nel tronco, l'intera creazione. Il volto della donna, dell'uomo e un rappresentante animale per ogni regno conosciuto. Per gli animali di terra come noi abbiamo il lupo, per quelli di aria l'aquila, per i rettili il coccodrillo, per gli insetti la formica, per gli anfibi il rospo smeraldino e per il popolo dell'acqua la megattera. Al centro vi è la scritta *"Trattali con amore, ma non divenirne schiavo"*,

la massima che segna l'alleanza, l'amore e non l'essere padroni o schiavi l'uno dell'altro, fra gli animali e l'uomo. La quercia si erge al centro di quella che oggi è chiamata "La Riserva delle Mandragole", poiché Ignatius, prima di morire, piantò tante di queste attorno al suo albero. Ancora oggi, "l'Albero della Luce", così com'è stata ribattezzata la quercia, è oggetto di pellegrinaggi non solo fra gli uomini, ma anche fra gli animali, che giungono da ogni dove al fine di ammirare quello spettacolo grandioso di un uomo che visse per la natura e per noi animali».

Il chihuahua era rimasto a bocca aperta. Una storia come quella era in grado di affascinare perfino una pantera. Figuriamoci, un cagnolino sognatore come Ci.

«Wow», mormorò il cagnolino. «E quest'albero esiste ancora?».

«Certo», replicò Bill, gonfiando il petto. Raccontare quella storia lo galvanizzava sempre; adorava quando era Socrate a raccontarla a lui. «Te l'ho appena detto».

«Fantastico!» esclamò Ci. «E rappresenta l'amore fra l'uomo e gli animali?».

«Già», replicò il cane. «Be', almeno l'intenzione di Ignatius Raicis era quella di insegnare al genere umano il rispetto e l'amore con il quale dovrebbero trattare il mondo animale. Quasi tutti fra gli animali ne hanno fatto un dogma, ma pochi fra gli uomini ci hanno imitato».

«Anche i tassi?» chiese il cagnolino curioso. «Fra noi e loro intercorrono rapporti assai tesi, ma che rapporti hanno con l'uomo?».

«I tassi lo disprezzano», replicò Bill con gravità. «Sono convinti che esso sia l'abominio del creato e il responsabile delle sciagure che gravano sul mondo. E disprezzano ancora di più noi, che lavoriamo per loro. Non rispettano quel dogma, poiché convinti che tutto ciò che proviene dall'uomo sia il male assoluto, anche se dettato dal più nobile fra di essi. Secondo loro, nessun essere umano è degno di decidere cosa è meglio per gli animali. Sarà anche per questo che si sentono legittimati a espandersi, sottraendo il territorio al nostro padrone».

Ci aggrottò le sopracciglia.

«Può darsi. In parte hanno ragione a considerare l'uomo una minaccia», disse il cagnolino con aria saggia, che stonava un po' con il suo carattere frivolo. «Ma il loro atteggiamento non è giusto. Non tutti gli esseri umani sono cattivi. Il nostro padrone non lo è. Lui ci vuole bene».

«Certamente», replicò Bill. «Anche la padrona di Ruby lo era».

«La padrona di Ruby?» chiese Ci confuso.

«Era una bambina di nome Aurora che viveva qui nella valle», spiegò il cane. «Si prendeva cura degli animali e per questo era molto amata. Purtroppo è morta tempo fa».

«Oh!» replicò Ci sconsolato. «Poverina».

«Già!» ammise Bill. «Ma a parte tutto, non si può negare che la maggior parte degli uomini sono convinti di essere superiori a noi e molto spesso veniamo trattati con disprezzo e crudeltà. A volte, anche noi animali ci comportiamo male con loro, ma queste azioni, sono dettate dalla paura o dalla disperazione. Per l'uomo non è sempre così; la

crudeltà fine a sé stessa, sembra essere un istinto proprio degli umani».
«È vero», mormorò Ci. D'un tratto prese a fissare il terreno intensamente, come uno scolaro nel pieno di un compito in classe. Tirò su la testa di scatto e chiese: «Mi piacerebbe vederlo questo albero così famoso. Mi ci porti?».
«Prima devi allenarti e diventare più forte!» lo ammonì Bill.
«È molto lontano da qui?» chiese il chihuahua, ignorandolo.
«No».
«E allora a che serve irrobustirmi?» protestò Ci.
«Oh, stelle canine, soccorretemi!» fece Bill, con il muso fra le zampe. Ci continua a fissarlo sorridendo trionfante.
«Non ho ragione?» chiese infatti, lentamente.
«Ti ho raccontato questa storia», esordì il cane pazientemente, «perché tu possa fare di *"Trattali con amore, ma non divenirne lo schiavo"* una tua regola. Devi rispettarla, se vuoi vivere in pace con l'uomo e con gli altri animali».
«Non preoccuparti», rispose il cagnolino sorridendo. «Quando si tratta di leggi per la pace, sono il primo a rispettarle».
«Molto bene», replicò Bill. Era abbastanza soddisfatto di come Ci aveva imparato questa prima lezione. Ciò che lo terrorizzava era il passaggio dalla teoria alla pratica.
«Dunque», continuò il cane. «Oggi ti insegnerò a seguire le tracce. Per un cane, questa è un'abilità innata».
«Sarà», rispose Ci in tono vago. «Io avrei una contro-

proposta».
«Non ha importanza...», provò a interromperlo Bill.
«Se tutti gli animali prendessero me come esempio», iniziò il chihuahua, ignorandolo. «E iniziassero ad andare in giro indossando graziosi e colorati abiti alla moda, non ci sarebbe bisogno di questa "capacità nel seguire le tracce", basterebbe semplicemente chiedere in giro se si è visto questo e quell'animale con questo e quel vestito...».
«E si finirebbe nella pancia di questo e quel tasso», completò Bill in tono crudo.
«Non puoi capire», replicò, scuotendo la testa.
«Posso dire lo stesso di te», rispose l'enorme cane con un sospirone. Avere a che fare con la testolina fashionista di quel cagnolino così assillante lo esasperava. «Il tuo olfatto è talmente alterato a causa dei profumi che metti, che non solo ti si individua a chilometri di distanza, ma non riesci più a fiutare niente. Lo ha dimostrato la tua avventura di due settimane fa. Devi iniziare a responsabilizzarti, ed essere in grado di difendersi è il primo passo. Non solo per te stesso, ma anche per chi ti sta intorno. Solo così potrai dimostrare di aver compreso a pieno la legge dell'Albero della Luce!».
«D'accordo», rispose Ci, sospirando. «Se è per la mia incolumità e per il bene della fattoria, cominciamo pure la lezione!».
«Molto bene», approvò Bill. «Dunque, ora facciamo un gioco!».
«Che bello!» esclamò. «Voglio vincere!».
«Sì», ripose Bill lentamente. «Faremo finta che io mi sia perso...».
«Come giocare a nascondino?>> chiese il chihuahua

radioso.
«Esattamente», ripose Bill, in tono accondiscendente. Da un pezzo aveva appurato l'ignoranza di Ci per quasi tutto ciò che non riguardava la moda e le cose più umane.
«Mi nasconderò dietro quell'altura vicino all'albero di albicocche», proseguì il cane, indicando il punto in questione. «Tu seguirai le mie tracce e mi scoverai».
«Ma Bill», replicò Ci, cercando di sembrare sveglio. «Che senso ha tutto questo?».
«Riuscire a insegnarti qualcosa, che renda di te un essere simile a un cane!» rispose Bill sarcastico.
«Allora forse non avresti dovuto dirmelo, dove avevi intenzione di andare a nasconderti», rispose Ci, con piglio furbetto.
«Hai ragione», replicò Bill riluttante. Già era un supplizio dover allenare quel sacco di Chanel e strass. Figuriamoci il dover ammettere di aver fatto la figura dell'idiota.
«Allora facciamo così», riprese il cane, evitando come la peste che il suo compagno gongolasse per essersi guadagnato un vantaggio intellettuale. «Tu ti coprirai gli occhi, conterai fino a venti e poi mi verrai a cercare, d'accordo?».
«Sì, sì», fece Ci, saltellando dalla gioia. «È tanto che non gioco più a nascondino; quando ero piccolo ci giocavo con i miei fratellini. Ma poi ognuno è stato adottato e a giocarci da solo non mi divertivo poi così tanto!».
Bill seppe di aver guadagnato nuovamente la superiorità cerebrale.
«Mi raccomando, ok?». Bill attese che il piccolo Ci si coprisse gli occhi, per poi nascondersi sotto una

serie di vecchie assi di legno, che in passato erano servite al padrone per realizzare un'altalena basculante, ora divenute condominio di tarme, bruchi e quant'altro. Osservò di soppiatto Ci che, a quanto sembrava, aveva qualche difficoltà nel contare fino a venti.
«Uno... Due...Tre... Sette», contava Ci lentamente. «No, Cinque... Sei... no, no... che viene dopo Tre? Ah, giusto il Nove...».
"Babbeo" pensò Bill, scuotendo la testa. "Ci credo che va così d'amore e d'accordo con Pallino! Anche con lui abbiamo dovuto sudare sette camicie per insegnargli i numeri. E non credo neanche che li abbia imparati davvero!".
«Venti!» esclamò Ci, staccandosi dal muro di cinta e ammiccando alla luce del sole. «Sto venendo a cercarti, Bill!».
Per tutta risposta, il cane provò a scomparire definitivamente. Appurata l'incapacità di Ci in fatto di abilità olfattive, non sarebbe stato in grado di trovarlo nemmeno con un satellite. Se poi, per qualche ragione ignota all'umana e alla divina comprensione fosse riuscito a scovarlo, così ben nascosto com'era avrebbe potuto portare l'allenamento al livello successivo e ammettere con tutti, e soprattutto con se stesso, che quella piccola peste, nonostante avesse fatto irruzione nelle loro vite e fosse diventata protagonista di così tante perplessità, non fosse così incapace come si credeva.
Ci prese ad annusare l'aria ma venne subito investito da un odore pungente, che gli fece storcere la bocca e starnutire sonoramente. A Bill ricordò molto la maschera che Paul si era fabbricato da solo

per Halloween. Doveva essere da teschio, ma sembrava piuttosto una torta di mele spiaccicata.
Ci non perse tempo; inaspettatamente, il suo piccolo naso color caffè sembrava essere in grado di fiutare qualunque odore che non fosse acqua di colonia. In men che non si dica, scovò Bill fra le assi.
«Ti ho trovato!» esclamò il cagnolino, saltellando di gioia. «Tana per Bill!».
«Come diavolo hai fatto?» chiese il cagnone stupito, e se bene sospettasse la risposta, non poté fare a meno di chiedersi come mai non avesse usato il suo olfatto speciale per ritrovare la via di casa.
«Oh, Bill», fece Ci, in tono di compatimento e confermando silenziosamente i sospetti di Bill. «Il tuo odore si sente a miglia di distanza! Puzzi di cane bagnato!».
«Non mi pare di averti chiesto consigli sull'odore personale», balbettò il cane, ora un po' ferito nell'orgoglio. «Questo è l'odore che hanno tutti i cani!».
«Ogni tanto dovresti farti una doccia», lo ignorò Ci, starnutendo. «Posso suggerirti un bagnoschiuma alla fragola. Certo non fa miracoli, ma potrebbe toglierti di dosso quell'odore di carogna che hai addosso e...».
«Sta zitto!» lo ammonì Bill. «Nessun cane si fa la doccia con il bagnoschiuma, che sia alla fragola o meno! I cani come noi si lavano al fiume!».
«Disgustoso», mormorò Ci, accigliandosi. «A questo punto mi chiedo a cosa è servito il nostro allenamento olfattivo. Se voi altri puzzate in maniera così atroce, vi si individua anche a chilometri di distanza».
«Non è vero!» replicò Bill, aggrottando le sopracciglia. «Se così fosse stato, non ti saresti mai e poi mai perso in mezzo alla campagna come ti è successo».
«Be', forse perché gli altri animali, si lavano», fece Ci,

alzando le spalle. «Anzi ne sono più che sicuro. Mi pareva di aver notato un certo sentore di "Marilla Lavanda" addosso alla giovane Lucy».
«Che diavolo è un Marilla Lavanda!?» chiese Bill, cominciando a perdere le staffe. Riusciva a sentire chiaramente il cigolio dei cancelli di "Frizzi e Crismi" aprirsi per lui.
«Un nuovo profumo di "Versace"», fece il cagnolino con un sorriso. Ciò detto, afferrò dal marsupio una bottiglietta color porpora dallo spesso doppio fondo.
«Vuoi provare?» chiese il cagnolino sempre sorridendo.
Prima che Bill potesse dire o fare qualcosa, Ci prese a spruzzargli addosso una quantità industriale di liquido giallognolo dall'odore pestilenziale. Quasi accecato dalla puzza, il cane fu sul punto di svenire.
«Ci», fece, tossendo. «Che tu sia...».
«Che succede qui?» chiese una voce arrabbiata.
Bill riuscì a stento a distinguere Pallino in compagnia di uno squadrato ammasso grigiastro. Non appena i suoi occhi ripresero vitalità, notò che si trattava di Bulldozer, una talpa mamma loro vicina. Viveva con una moltitudine di figli in uno sformato e vecchio scarpone all'imboccatura di una grotta che si estendeva per una cinquantina di chilometri. Sulle labbra aveva applicato un rossetto color ciliegia e in testa indossava l'immancabile casco giallo coordinato di torcia elettrica. Possedeva gallerie in tutta la campagna ed era lei a gestire il traffico nel sottosuolo. Il soggetto ideale per le fantasticherie di Ci.
«Come al solito siete degli specialisti nel farmi fare brutte figure!» brontolò Pallino, con le ali sui fianchi. «Che cosa deve fare un povero uccellino per avere un

po' di tranquillità? Avevo invitato la giovane Bulldozer per colazione ma voi, come al solito, dovete dare spettacolo!».
«Mi dispiace Pallino», si scusò Ci, inchinandosi come il cameriere di un ristorante di lusso. «Non sapevamo avessi ospiti».
«Infatti», aggiunse Bill, posando i miseri occhi striati di rosso sulla cinciallegra e la sua graziosa commensale. «Salve cara Bulldozer, come stai?».
«Molto bene, grazie Bill», rispose la talpa, senza mostrare risentimento per il pasto interrotto. «Non preoccuparti per la colazione... stavo andando via».
I piccoli occhi appannati si posarono sul chihuahua.
«Tu devi essere Ci, giusto?» chiese la talpa con un sorriso. «Pallino mi ha parlato molto di te».
Ci si stupì di non essere chiamato "buffo coso" dall'ennesimo animale incontrato. Non si offendeva più, ma questo non fece altro che fargli provare simpatia per la talpa mamma.
«Sì, signora... Bulldozer, giusto?» rispose infatti. «Sono lieto di fare la sua conoscenza e quella dei suoi figli, in futuro».
«Non te lo auguro», rispose Bulldozer con un sospiro. «Sono delle tali pesti, metterebbero in subbuglio tutta la vostra bella fattoria».
A queste parole, Bill scoccò un'occhiata eloquente a Ci.
«A proposito», esordì Pallino, con il solito cipiglio stizzoso. «Cosa stavate facendo, per emettere un baccano peggio di quello che fa Beatrice quando è ora di deporre le uova?».
«Ci stavamo allenando», rispose Bill con un sospiro. «Ma questa sottospecie di microbo mi ha spruzzato

della robaccia tossica addosso».
«Che altro potevo fare, Bill?» chiese allora il cagnolino per discolparsi. «Dovevo pur togliertelo quel terribile odore di dosso! E poi non è tossico per niente. Oggi la maggior parte degli stilisti utilizzano erbe e miscele ecologiche per la realizzazione dei loro prodotti».
Bulldozer ridacchiò in sottecchi; Bill era un cane forte e coraggioso, che dispensava buoni consigli e difendeva la zona con vigore, ma quella di dargli una rinfrescata non era un'idea poi tanto malvagia.
«Ah, ecco», fece Pallino, annuendo. Poi aggiunse immediatamente: «Ma non capisco, pensavo che allenarti con lui fosse l'ultima delle tue volontà!».
«Credo di aver appreso una bella lezione», mormorò Bill. Si voltò verso Ci con aria rassegnata. «Poco ma sicuro; quella brodaglia sarebbe in grado di stendere persino un leone. Finché la porterai con te, non credo che avrai problemi in combattimento. Sarà tua premura, averne sempre una scorta a disposizione».
«Quindi rinunci ad allenarmi?» chiese Ci, giungendo le zampe anteriori.
«Credo proprio di sì», rispose Bill. «Ignatius Raicis può considerarsi soddisfatto».
«Lo sapevo di non aver bisogno di nessun allenamento», replicò dunque Ci, mostrando i muscoli. «Sono talmente forte da riuscire a stendere persino un orso. E se lo dice Bill è più che vero!».
«Puoi dirlo forte!» lo incoraggiò la talpa, dandogli un buffetto sulla guancia. «Nel giro di pochi anni, nessun cane riuscirà a tenerti testa, garantito!».
«Grazie, signora», replicò il chihuahua, gonfiando il petto.

«Rimani a pranzo da noi?» chiese Bill, come a volersi scusare per le mancanze di poc'anzi.
«Grazie, Bill», replicò Bulldozer, con un cenno della zampa. «Ma sono fuori da ieri sera e devo tornare a casa per occuparmi dei miei piccoli. Non vorrei che avessero combinato qualche guaio».
«Ti capisco», annuì Bill, gettando nuovamente un'occhiata a Ci, che, talmente sicuro di sé per le lodi di poco prima, stava simulando un incontro di pugilato con un filo d'erba. «Be', torna a trovarci».
«Senz'altro». Bulldozer si rituffò nella terra argillosa che l'avrebbe accompagnata a casa, ma fatto che ebbe una decina di metri, riemerse dal terreno con una zampa alzata.
«Mi raccomando, Pallino», gridò con gioia. «Ci tengo a festeggiare con voi il Natale. Fammi sapere quando sarà la Tombola».
«La Tombola?» chiese Ci elettrizzato, mentre Bulldozer proseguiva per la sua via sotterranea. «È fantastico, quando sarà?».
«Tu non parteciperai!» lo ammonì Pallino. «Mi pare di avertelo già detto!».
«Perché no?» chiese Ci contrariato. «Dopotutto, anch'io faccio parte del vostro gruppo. Posso subentrare al posto di Rick. Tra poco giorni andrà in letargo e non si sveglierà fino a primavera. E poi, sono molto bravo a giocarci!».
«A maggior ragione!» esclamò la cinciallegra con veemenza. «Gli animali appena arrivati non giocano, è la regola!».
«Uffa!» protestò Ci. Poi si riprese subito: «A proposito, come lo festeggiate qui Halloween?».
«Be'», rispose Pallino riluttante. «Accendiamo un fuo-

co, ci raccontiamo storie paurose e ci diamo alla pazza gioia con divertimenti e scherzi».
«Storie di paura?» chiese Ci. «Come quella del "Criceto Mannaro?"».
«Esatto», replicò Pallino burbero.
«È assolutamente divino!» esclamò il chihuahua. «Non vedo l'ora che arrivi quel giorno e di indossare il mio nuovo vestito a forma di zucca».
«Hai un vestito a forma di zucca?» chiese Pallino ingelosito.
«Sì», replicò il chihuahua, grato che qualcuno si fosse finalmente interessato alla sua passione. «Se vuoi posso prestarti quello da pipistrello».
«No, non mi piace», rispose la capricciosa cinciallegra. «Voglio quello da zucca!».
«Ma quello da zucca voglio metterlo io!».
«Non mi fido dei pipistrelli».
«Be', allora non indossare nulla».
«Neanche per sogno!».
Continuarono a bisticciare per l'intero percorso che conduceva al garage. Bill si accucciò nel suo angolo, osservandoli. Come al solito, l'aver passato del tempo con Ci lo rendeva più spossato di una discussione con Pallino sull'esistenza o meno dei draghi invisibili. Che per una volta, fosse Ci a stressarsi.

L'INTRUSO

Durante una notte insolitamente fredda e alquanto agitata, con nuvole veloci che coprivano la luna a intermittenza, Bill dormiva indisturbato nella sua cuccia. Da tempo, aveva imparato a captare il minimo rumore anche dal lontano mondo onirico. Brutalmente, venne svegliato da una voce secca e concitata. Credeva di sognare e gli ci vollero due minuti buoni, per rendersi conto di aver abbandonato Morfeo e le sue illusioni.

«Bill,» gli mormorò la voce all'orecchio, «svegliati!».

«Guglielmina», sussurrò il cane, riconoscendo gli stridii del gufo e rizzandosi lentamente sulle zampe. «Cosa c'è?».

Il gufo lo fissò preoccupato. Bill non ricordava di averla mai vista così in ansia.

«È entrato qualcuno», spiegò il gufo in un soffio. «Ho visto una sagoma scura attraversare il cancello».

«Ma non è possibile», si ostinò il cane, guardandosi intorno attentamente. «Il cancello principale è sbarrato e se qualcuno fosse entrato lo avrei sentito».

«Non è passato di lì», replicò il gufo. «L'ho visto entrare dal cancelletto a sud».

«Cosa?» chiese il cane stupito. «Ma quella porta è sbarrata da anni ormai, per di più è ricoperta di erbacce. Ero più che sicuro che fosse inagibile».

«Lo pensavo anch'io», rispose Guglielmina annuendo. «Ma a quanto pare ci eravamo sbagliati».

«Non sarà mica un tasso?» mormorò Bill.

«No, è troppo piccolo», ribatté il gufo, scuotendo la testa. «E poi, Koda e gli altri lo avrebbero intercettato e respinto».

«Dunque,» chiese il cane con impeto, «di cosa pensi si tratti?».
«Non ne sono sicura», rispose il gufo. «Ma credo che sia una volpe. L'ho vista accasciarsi sotto il cespuglio di lamponi».
«Se è una volpe», mormorò il cane. «È giunta qui per fare irruzione nel pollaio. Dobbiamo fare attenzione. Deve trattarsi di un esemplare alquanto robusto, se è riuscito a superare il territorio dei tassi così agilmente».
«Già», convenne Guglielmina. «Vieni, andiamo a vedere».
Il cane la seguì. Non era la prima volta che si trovava a doversi scontrare con una volpe e non c'era nulla di cui preoccuparsi. Avevano una natura predatoria, e contro gli istinti naturali c'era ben poco da fare, Bill lo sapeva bene. Tuttavia, non poteva certo lasciare che facessero del male a Paul e alla sua famiglia.
«In realtà, spero di essermi sbagliata», disse Guglielmina pensierosa. Poi si voltò a guardare Bill. «Se così sarà, mi auguro che non capiti lo stesso spiacevole inconveniente della volta scorsa».
Il cane evitò accuratamente di guardarla.
L'episodio al quale il gufo aveva fatto riferimento, risaliva a circa due anni prima; in una gelida notte d'inverno, quando anche i fiocchi di neve si trasformavano in cubetti da cocktail prima ancora di toccare terra, il meccanico della valle era giunto alla fattoria per una questione urgente. Bill, non essendo al corrente della situazione e credendo si trattasse di un ladro, si era immediatamente messo in moto. Cercando di evitare qualunque rumore, esattamente

come ciò che stava cercando di fare in quell'occasione, si era avvicinato al malcapitato ospite. Un cancelletto aveva impedito un suo assalto e l'utilizzo dei suoi mezzi di persuasione a "presa rapida", ma di certo non lo aveva trattenuto abbastanza dal posargli le zampe sulle spalle. L'uomo, sentendo la pressione e credendo si trattasse del fattore, aveva esclamato: "Dai, non mi fare questi scherzi".
Si era poi voltato e, vedendo Bill con le fauci spalancate, i denti aguzzi e giallastri, lunghi approssimativamente dieci centimetri l'uno, e gli occhi brillanti iniettati di sangue, era sbiancato e, spalancando la bocca, aveva cacciato un urlo in grado di destare persino un morto. Si era liberato dalle zampe e, corso su per la salita, aveva preso a premere istericamente il campanello. Non appena gli fu aperta la porta, si era accasciato al suolo privo di sensi.
Quanto a Bill si era sentito terribilmente in colpa. Un po' perché aveva spaventato un uomo innocente e un po' perché aveva dovuto sorbirsi le sonore proteste da parte degli animali in letargo della zona, che, destati dal grido, ci avevano messo un secolo a riaddormentarsi. E, sebbene il cane si fosse scusato più volte, dicendo che aveva solo cercato di fare il suo dovere, le lamentele non si erano placate, ma erano proseguite per due settimane.
Tuttavia, in quel momento, sentiva che non c'era niente di buono in quella violazione di domicilio e il suo istinto, a eccezione dell'episodio descritto poc'anzi, non lo tradiva mai.
I due animali si avvicinarono al cespuglio; una folata di vento cacciò via le nubi che nascondevano una sorridente luna d'argento, che andò a rischiarare lo

spiazzo definendo i contorni dell'audace intruso.
«Sei una canaglia ardita!» lo sorprese Guglielmina.
L'intruso si voltò, andando a confermare i suoi sospetti. Si trattava infatti di un esemplare di volpe maschio molto giovane. Era sporco, gli occhi verdi giada erano accesi di terrore e un profondo taglio purulento gli attraversava parte della zampa anteriore.
Sebbene a un cane inesperto, come poteva essere Ci, poteva apparire solo come un animale bisognoso di cure e cibo, Bill non si fece incantare; più volte, da cucciolo, era stato messo nel sacco da animali verosimilmente indifesi come quello, e aveva imparato a diffidare. Anche se, in quel caso, qualcosa dentro di lui lo fermò dall'attaccarlo immediatamente.
«Vi prego non fatemi del male!» esclamò la volpe, alzando le zampe in segno di resa. «Non sono venuto ad aggredirvi».
«Di questo possiamo esserne sicuri», fece Bill, in tono minaccioso.
«Vi prego», replicò l'animale implorante. «Sono in fuga, i tassi mi hanno assalito. Non sapevo dove rifugiarmi e quando ho visto questo cancelletto ho pensato che...».
Non fece in tempo a finire la frase che gli occhi gli si appannarono e cadde a terra svenuto. In un momento di puro sarcasmo, Bill si chiese come mai, a quasi tutti gli ospiti che si presentavano alla fattoria durante la notte, piacesse così tanto fare amicizia con il pavimento.
«Sta recitando», fece il cane con fare furtivo. «È evidente, troppe volte ho visto scene simili».
«Non credo», replicò Guglielmina, posandogli l'ala sul

collo. Nei rotondi occhi ambra, Bill colse le scintille di sicurezza che la caratterizzavano farsi più marcate.
«Le sue pulsazioni sono molto deboli e l'aspetto di quella ferita non mi piace affatto».
Bill si morse le labbra. Avere morti sulla coscienza non lo entusiasmava affatto; decise dunque di fidarsi della sua saggia amica e si caricò la volpe sulle spalle.
«Avverti il gallo», disse il cane. «Lo porteremo nel pollaio».
Guglielmina aprì la bocca per ribattere, ma alla fine si limitò ad annuire e volò nella direzione indicatale da Bill.
Paul si affacciò da una delle finestrelle e aprì lentamente la porticina.
«Oh Santo Tuorlo!» esclamò, non appena ebbe individuato il fuggitivo svenuto. «Una volpe? Una volpe in un pollaio? Bill, ma...».
«Stai calmo, Paul», lo redarguì Guglielmina con enfasi, mentre il cane adagiava il ferito su un cuscino di paglia ancora verde. «È ferito e così ridotto non sarebbe in grado di aggredire nessuno».
«Per fortuna che non si sono svegliati», disse il gallo, accennando con un'ala alla sua famiglia, che dormiva placidamente. «Altrimenti ci sarebbe voluta la forza di un tre tacchini per tenere ferma Malvina. Ha una vera e propria fobia per le volpi».
«È normale», ribatté il gufo in tono vago. Poi si rivolse a Bill: «Ho urgente bisogno di una bottiglia di disinfettante, cotone e garze. Presto, non c'è un minuto da perdere».
«E dove trovo tutto questo?» chiese Bill, allargando le zampe.

«Yawn, che succede? Dottor Spock è lei?» fece Rick sbadigliando; per quella notte così incerta era stato ospitato nel pollaio. Ammiccò all'intruso ed esclamò in un soffio: «Una volpe!».
«Sì», replicò Bill in fretta. «Rick, saresti così gentile da...».
«Ehi, Bill!» la voce di Ci risuonò fuori dal pollaio. «C'è qualche problema?».
«Abbassa la voce», gli rispose Pallino seccamente.
Bill fece finta di non aver sentito.
«Ti dicevo», proseguì il cane. «Credo che...».
«Bill!» chiamò Ci cocciuto, ignorando l'ordine di Pallino e bussando con forza.
Paul fece roteare gli occhi. E, temendo che scoppiasse una carneficina di quelle serie, decise di aprirgli.
«Per tutte le zanne di drago!» esclamò Pallino, mentre si avvicinava al giaciglio della volpe, seguito dal chihuahua. «Una volpe?».
«Ma voi due non dovreste essere a letto?» chiese Bill, ignorando la domanda.
«Ero lì fino a dieci minuti fa», rispose Ci, avvicinandosi. «Ma le vostre voci mi hanno svegliato e ho deciso di venire a dare un'occhiata. Se ci fosse stato un ladro, volevo essere pronto a battermi».
«Io ho visto lui scendere e mi sono insospettito».
Bill scosse la testa ma data la vita in pericolo, della quale sia erano fatti guardiani, decise di non esprimere le sue perplessità.
«Abbiamo un lavoro per voi», disse Guglielmina, in tono pragmatico. «Dovete entrare in casa, raggiungere il bagno e prendere il kit del pronto soccorso. Vi prego, è grave».
«Ricevuto», fece Ci, scattando sull'attenti. Senza

aggiungere altro, si voltò e partì alla volta del garage seguito da Pallino.
«Andiamo bene», mormorò Rick. «Le speranze della volpe affidate alla coppia di animali più strana dell'intera regione».
«Se la caveranno», replicò Guglielmina, tenendo premuta la ferita con una pezzuola trovata fra la paglia. «Dobbiamo solo aver fede e sperare in un miracolo».
Si udirono distintamente Ci e Pallino entrare in bagno, aprire rumorosamente l'armadietto dei medicinali, la testa del chihuahua venire colpita da qualcosa di solido, che si sperò essere il bauletto del pronto soccorso e la voce del padrone; per fortuna, non si accorse della loro presenza e attribuì il rumore a qualche topo temerario.
«Se si riprende posso chiamarlo Lazzaro?» chiese Ci una volta di ritorno, massaggiandosi la testa.
«Chiamalo pure come ti pare», replicò Bill, mentre aiutava Guglielmina a vuotare il contenitore bianco con una croce rossa stampata sulla chiusura.
L'animale, forse a causa del trambusto, era rinvenuto a fatica.
«Dove sono?» chiese, guardandosi intorno spaventato e confuso. Si voltò verso Bill e gli altri. «Chi siete?».
«Non preoccuparti», lo rassicurò Bill, mettendo definitivamente da parte la diffidenza. «Presto starai meglio».
«Mi fa male la testa e... ahia!». La volpe si tastò la zampa, facendo cozzare le unghie sulla ferita.
«Maledetti tassi!», mormorò la volpe.
«Ti hanno azzannato per bene», constatò Guglielmina, mentre con il becco cercava di aprire il barattolo dell'acqua ossigenata. «Un millimetro in più e adesso

non staremo parlando».
La volpe fu percorsa da un brivido. Osservò attentamente il lavoro infermieristico del gufo, per poi studiare perplesso il luogo circostante.
«Sei nella fattoria sulla valle», spiegò Rick, rispondendo alle sue lecite e tacite domande.
«Quella di Bill?» chiese la volpe. Si voltò verso Ci che, chissà come, era riuscito a trafugare anche un pigiama per l'ospite. «Pensavo fossi più grosso di come appari».
A quel punto fu Bill a essere sul punto di perdere i sensi. Si chiese se la sua fosse una battuta o se l'incontro con i tassi l'avesse traumatizzato fino alla demenza.
«Io mi chiamo Ci», rispose il chihuahua. «Bill è lui».
Il cane sorrise sarcasticamente. Altro che leggende sulle sue origini! Ci mancava solo che la piccola peste venisse scambiata per lui!
«Piuttosto, dimmi», chiese Paul che, vista la situazione, pensò fosse illogico tenersi a debita distanza. «Come ci sei finito nel territorio dei tassi? In questa zona, di volpi come te non se ne vedevano da anni, ormai. Inoltre, le poche che vi abitano sanno benissimo che non è prudente discendere dalla montagna con l'autunno alle porte».
L'animale deglutì sonoramente e gli occhi presero a brillargli. Si udirono dei rumori provenire dalla zona più in ombra del pollaio. Beatrice si era svegliata e, caratterizzata com'era da spirito altruistico, non si azzardò a proferir verbo, mettendosi subito in azione. Oltre a essere un hippie, si dilettava da sempre nell'omeopatia, producendo filtri e bevande che sembravano possedere chissà quale miracolosa proprietà

curativa. Quella sera, dimostrò tutto il suo buon cuore, aiutando uno dei suoi peggiori nemici naturali. Gli offrì, infatti, una bevanda energetica di color verde marcio preparata con le sue ali, in grado di restituire vitalità anche a una mummia.
«Non ti preoccupare», gli disse, guardandolo dritto negli occhi. «So che nelle tue condizioni non potresti assalire nemmeno una zanzara morta. Il problema è che non siamo tutti così».
Malvina e Giuseppe, che avevano seguito la madre fuori dal letto, stavano infatti cercando di nascondersi dietro una colonna di legno, onde evitare che anche un millimetro delle loro piume venisse intercettato degli occhi stravolti dell'insolito ospite.
«Comunque, io sono curioso», fece Rick, mentre l'animale centellinava la bevanda di Beatrice. «Da dove vieni, amico?».
«Forse non ci crederete», esordì la volpe dopo una lunga pausa, durante la quale si era ripulita i baffi dalla bibita in eccesso. «Ma stavo rischiando seriamente di rimetterci la pelle».
«Non ti saresti dovuto avventurare nel territorio dei tassi, allora», replicò Pallino, alzando le spalle.
«Non sto parlando di quello», replicò la volpe. «O meglio, non solo di quello».
«Be', non tenerci sulle spine», lo incoraggiò Guglielmina, pur rendendosi conto della riluttanza provata dall'ospite nel ricordare la brutta avventura con i tassi. «Se non ci dici cosa ti è successo, non potremo aiutarti».
«Mi avete già aiutato molto», rispose il ferito con un sorriso mesto. «Accogliendomi e curandomi. Ma sarà sufficiente?».

«Non capisco», mormorò Bill. «I tassi non sono più il nostro unico problema?».
«Sentite», fece la volpe, riscuotendosi. «È una storia terribile e se siete facilmente impressionabili è meglio che ve ne andiate».
«Non preoccuparti», fece Pallino deciso. «Se in questa storia non ci sono i draghi, non mi spaventerò affatto».
Bill fece per dire qualcosa, ma fu Paul a prendere la parola.
«Ci racconterai la tua storia domani».
«Perché?» chiese Ci deluso, morendo dalla voglia di ascoltare.
«Andiamo Ci», fece Paul, scuotendo la testa. «Non lo vedi che è ancora sconvolto? Lasciamo che si riprenda e che passi la notte qui. Domani, se si sentirà, ci racconterà tutto».
«Grazie», disse la volpe. «In effetti, non ero proprio in condizione di narrare alcunché».
«D'accordo», replicò il chihuahua mesto. Poi gli tese il pigiama. «Infilati questo».
«Cos'è?» chiese la volpe, osservando la casacca a pallini verdi e lilla con sopra disegnata una mucca munita di ali e aureola.
«Ci», lo interruppe Bill. «Non penso proprio che...».
Paul gli posò un'ala sulla zampa, guardandolo fisso negli occhi. Il chihuahua stava solo cercando di essere gentile e, in quel momento, nessuno poteva dissuaderlo dal fare sfoggio della sua generosità.
Bill non era del tutto sicuro che vestire i propri ospiti da pagliacci fosse un qualcosa di positivo, ma, per una volta, lasciò correre; inoltre, la volpe era troppo sconvolta per protestare.

«Certo che ti sta proprio bene», constatò Ci ignorando, forse volutamente, i bottoni tesi al massimo e il colletto troppo stretto. «Te lo regalo, se vuoi».
L'animale sorrise mestamente, evitando accuratamente di chiedere delucidazioni in merito alla sua nuova mise. Quel cagnolino così servizievole non meritava di essere mortificato.
Era talmente stanco, che non appena ebbe finito la bevanda e preso la camomilla offertagli da Beatrice, che ne conservava sempre un po' per le emergenze, cadde addormentato e, non appena il suo respiro si fu fatto profondo e regolare, Bill e gli altri tolsero il disturbo.
«Credi che avrei dovuto prestargli anche la mia copertina?» chiese Ci, mentre Bill lo accompagnava a casa. In una serata come quella, lasciare che il chihuahua vagasse senza scorta, anche solo per uno spazio ristretto come il cortile, lo faceva sentire un incosciente.
«No», rispose Bill secco. «Credo che il tuo pigiama lo terrà sufficientemente al caldo».
Il chihuahua annuì e respirò profondamente.
«Mi domando chi o cosa lo abbia ridotto in quello stato», fece Ci. «Sono proprio curioso».
«Io sono preoccupato», replicò Bill. «Se i tassi, che lo hanno aggredito e ridotto in fin di vita, non sono ciò che più lo ha spaventato, mi domando che razza di bestia feroce e mostruosa si stia aggirando per la valle».
Ci rabbrividì.
«Una volta ho sentito di una strana storia», sussurrò il cagnolino, guardandosi le spalle. «La chiamavano l'Abominevole Creatura. Era un essere metà uomo,

metà cinghiale che si diceva si cibasse solo di ossa di pecora. Cacciava durante la notte e al mattino i pastori ritrovavano le pecore e i loro agnelli disossati. C'era sangue ovunque, uno spettacolo agghiacciante. Si diceva che dimorasse in una vecchia stamberga e che fosse accompagnato da un cavallo completamente nero e dagli occhi di fuoco».
«Ci», replicò il cane con un sorriso. «È una leggenda metropolitana. L'Abominevole Creatura non esiste. È un mostro creato dagli adulti, per impedire ai bambini di avvicinarsi alla stamberga, come la chiami tu; è un semplice capanno degli attrezzi. In esso venivano riposti falci, zappe, coltelli e altri oggetti pericolosi. Hanno inventato questa creatura mostruosa per evitare che qualche ragazzino un po' troppo incosciente finisse con un braccio o una gamba di meno».
«Niente di cui preoccuparsi, dunque?».
«Niente di cui preoccuparsi», replicò il cane. «E ora fila in casa, ok?».
Bill si assicurò che il cagnolino si fosse dileguato senza problemi su per i tenebrosi gradini che portavano in cucina. Fece per tornare al suo giaciglio, ma venne fermato da Nino, svegliatosi a causa del trambusto.
«Si può sapere che combinate a quest'ora di notte?» chiese irritato. Aveva gli occhi cerchiati e la bocca cadente dal grande sonno. «Il sonno è fondamentale alla mia età!».
«Abbiamo avuto un problema», rispose Bill. Stava morendo di sonno e non aveva la minima voglia di raccontare a Nino le dinamiche di poc'anzi. In tre minuti provò a spiegargli la questione, ma sembrava che il maiale fosse meno assonnato di lui, poiché

aveva molta voglia di discutere.
«Non posso crederci!» esclamò infatti Nino. «Una volpe? In questa fattoria? E l'avete sistemata nel pollaio? Bill, non è che a furia di fare da baby-sitter a quel chihuahua, tra un p' avrai bisogno anche tu di "Frizzi e Crismi"?».
«Taci», lo rimproverò il cane. «È il luogo più sicuro di questa fattoria... di certo non potevo portarlo in casa!».
Nino, temendo che la sua "Suite Imperiale" potesse trasformarsi in un "Ostello della Gioventù Volpina" per l'ospite inatteso, decise di cambiare subito argomento.
«Sono preoccupato», disse infatti. «Se è stato preda dei tassi come dici, magari potrebbero venire qui a riprenderselo». Rendendosi conto delle implicazioni del suo discorso, disse: «Oh, siamo tutti in pericolo!».
«Non credo fosse una loro preda», disse Bill. «È capitato lì per caso e ora che si avvicina l'autunno i tassi hanno altro a cui pensare».
«Sarà», replicò Nino perplesso. «E se fosse un trucco?».
«Benedette stelle canine!», sussurrò Bill.
«Cosa?».
«Niente». Il cane si voltò per andarsene. «Domattina lo interrogheremo per bene. E, se vuoi farci l'onore della tua presenza, sarai il benvenuto».
«Puoi giurarci!» esclamò Nino, rientrando e provando a riaddormentarsi.
Bill sospirò. Il ragionamento del maiale lo aveva messo un po' in allerta, quindi ci mise parecchio a riprendere sonno. Il gelo infernale continuò ad accompagnare la notte, recando incubi informi che

parevano celarsi dietro la comparsa di Lazzaro.

UNA STORIA SPAVENTOSA

Prima che Paul annunciasse la nascita di un nuovo giorno, Ci era già in cammino verso il pollaio. A causa della disarmante curiosità circa la storia del nuovo arrivato, il sonno lo aveva del tutto abbandonato, premettendogli al massimo di riposare gli occhi per un'ora o due. Tuttavia, si sentiva stranamente vivace e sufficientemente in forze da non cadere addormentato alla prima occasione. Fu così che, quando gli amici lo trovarono seduto accanto a Lazzaro, accompagnato dal sorriso gioioso che lo caratterizzava, si lasciarono andare a malcelate manifestazioni di stupore. Non che la curiosità non avesse tenuto svegli anche loro, ma a differenza del chihuahua, il loro desiderio di una buona dormita gli si leggeva chiaramente negli occhi.

Bill lo squadrò con aria compassionevole; non riusciva proprio ad abituarsi alle stravaganze di quel buffo cagnolino. Quel giorno, tanto per essere a suo dire "in tono con lo spirito del Pronto Soccorso", indossava un grottesco abitino da infermiere, con fissata ai passanti della cintura una gigantesca e, si sperava finta, siringa per vaccini.

«Dormiglioni», li salutò dunque Ci, dimenticandosi per quella volta di essere l'unico in tutta la valle a svegliarsi dopo le nove.

«Non so veramente come ringraziarvi per avermi ospitato, curato e nutrito», mormorò Lazzaro, ancora un po' scosso dagli avvenimenti della notte passata. «Ma immagino siate curiosi di conoscere la mia storia e il motivo della presenza nel territorio dei tassi».

«Sì», rispose Ci, sia per sé stesso che per gli amici.
«Dunque», prese a narrare la volpe. «Dovete sapere che la mia presenza in quel luogo così pericoloso, è stata un puro caso. Sono caduto da un furgone. Un uomo mi stava conducendo assieme ad altri miei simili in un luogo orribile, un luogo da cui nessuno ha mai fatto ritorno».
«Un mattatoio?» chiese Paul con gravità. «Ma fammi capire; adesso gli esseri umani mangiano anche carne di volpe?».
«Non ci uccidono per la nostra carne», spiegò Lazzaro. «Veniamo uccise per la nostra pelliccia. Deve crescere folta e rigogliosa, affinché gli uomini possano scuoiarci, rubarcela e indossarla al nostro posto».
L'intero gruppo cadde preda di un silenzio tombale. Un qualcosa di molto simile a una nuvola di temporale avvolse il pollaio. Bill sgranò gli occhi, a Pallino si mozzò il fiato, Paul e Rick si fissarono preoccupati, Malvina deglutì sonoramente, seguita da Giuseppe. Persino Lardo, che aveva saputo del salvataggio grazie a Rick, rimase interdetto. Fra i presenti c'era anche Guglielmina, la quale non si sarebbe persa per nulla al mondo la storia di Lazzaro, anche a costo di forzare i suoi istinti; tuttavia, non appena le parole della volpe ebbero raggiunto le timide orecchie, bramò l'incoscienza del sonno e desiderò che la portasse via da quel pollaio e dalle frasi da incubo che le erano appena pervenute.
Ci, che aveva con sé anche un delizioso completino da passeggio coordinato di cappello di paglia per l'ospite, si sentì mancare. Dovette appoggiarsi a una vecchia trave per non perdere l'equilibrio e stramazzare al suolo.

«Non è possibile», obbiettò Nino, scuotendo la testa. Per rispettare la promessa fatta a Bill la sera prima, si era svegliato autonomamente e guidato anch'egli da un'incalzante curiosità si era recato immediatamente nel pollaio. «Stai scherzano, vero?».
«Vorrei fosse così», rispose la volpe sconsolata. «Ma non lo è. Ci allevano per un po', poi ci uccidono, prendono la nostra pelliccia e la utilizzano per fare cappotti, sciarpe, guanti, cappelli e persino borse. È una carneficina, una vera strage!».
«Questo è un incubo», intervenne Guglielmina, dondolandosi avanti indietro. Cercò spasmodicamente la zampa di Bill, ridotto a una statua di sale. «Vi prego, ditemi che sto sognando, ditemi che non è vero, non può essere reale».
Beatrice le mise un'ala sulla spalla.
«Non riesco a capire», balbettò Ci, recuperando faticosamente colore e parola. «Avevo sentito parlare di questa storia. Una volta, ho visto una cosa simile su una rivista di moda. Ma credevo si trattasse di uno scherzo, non avrei mai pensato che potesse trattarsi di un fatto reale».
«Purtroppo lo è», fece Lazzaro con un sospiro. «E ogni anno è sempre peggio. Io, per fortuna, sono riuscito a salvarmi... ma i miei compagni invece, be'...».
La voce gli venne meno e chinò il capo con aria infelice. Bill e gli altri si guardarono turbati. Sebbene non gli sembrasse la cosa giusta da fare, il cane si schiarì la gola e decise di fargli un'ulteriore domanda. «C'erano altre volpi nell'allevamento dove ti trovavi?».
«A parte quelle caricate sul camion, no», rispose la volpe dopo una lunga pausa. Gli occhi velati si posarono su Bill. «Ma prima di andare via, ho scoperto

che hanno catturato altri animali».
«Che genere di animali?» chiese Lardo, mettendo da parte la consueta espressione sorniona, dimostrando di essere stato profondamente toccato da quella vicenda.
«A causa della caccia e della pellicceria», continuò l'ospite. «Noi volpi ci stavano estinguendo. Così ci hanno sostituito con i cincillà».
«Cosa sono?» chiese Ci.
«Sono simili a topolini», spiegò Lazzaro in tono gentile. «Ma la loro pelliccia è molto richiesta ultimamente».
«E tu li hai visti?» chiese Bill.
«Sì», rispose la volpe, bevendo a piccoli sorsi il resto della camomilla avanzata dalla sera prima. «Li hanno messi in una gabbia gigantesca. Non ti so dire da quanto tempo si trovino lì, ma ho sentito che entro tre giorni useranno il loro morbido manto per realizzare una costosa sciarpa».
Paul rabbrividì tastandosi le piume con aria ansiosa. Pallino se ne accorse e lo imitò, fissandosi un'ala preoccupato.
«Ehi, senti», esordì con un sussurro la cinciallegra. La sua indignazione per ciò che era capitato a Lazzaro era talmente potente e indomabile, che gli aveva quasi paralizzato la voce. «Ma che tu sappia, utilizzano anche le piume di uccello per questa barbarie?».
«Credo di sì, purtroppo», rispose Lazzaro con un sospiro. «Comunque...».
«No, no», lo interruppe Paul. «So a cosa stai pensando, ma devi sapere che questa è una fattoria, diciamo, all'avanguardia. Nessuno fra gli animali

vissuti qui è mai diventato una cotoletta o un brasato».
«Noi galline veniamo allevate per le nostre uova», spiegò Beatrice, fugando le congetture inespresse di Lazzaro. «I pulcini maschi vengono venduti ad altre fattorie come la nostra, al fine unico di trasformarli in portentosi galli».
«È un'iniziativa promossa dall'associazione "Amici di Lassie"», fece Nino, schiarendosi la gola. Si sentiva tristemente chiamato in causa. «Mi rincuorava sapere che la maggior parte delle fattorie a noi limitrofe ha abbracciato di buon grado questo progetto. Ma il tuo racconto sembra affogare ogni mia speranza».
«Capisco», rispose la volpe, con un profondo sospiro. «Ma io non mi fido degli umani. Il nostro dogma, *"Trattali con amore, ma non divenirne lo schiavo"*, ha smesso di far parte della mia vita nel momento in cui sono stato catturato. Nei confronti dell'uomo posso provare solo rancore, ma voi siete fortunati. Il vostro padrone sembra un uomo rispettoso e gentile. Meritevole della vostra devozione».
«Noi siamo animali», esordì Bill. Un fischio doloroso gli ronzava nel cervello, martellandolo intensamente. La storia della volpe lo aveva scioccato più di quanto sembrasse. «E quelli come noi collaborano con l'uomo. Siamo tutto ciò che è rimasto della purezza universale e naturale. E la natura ci ha insegnato a essere gentili e disponibili verso quell'argilla imperfetta chiamata Essere Umano. Sappiamo che l'uomo sa essere terribile, che commette nefandezze di ogni genere, ma che commettesse un'atrocità simile in nome della vanità e della sete di denaro, non poteva

essere prevista in alcun modo. Per ogni passo in avanti verso l'elevazione, ne compiono venti indietro. Abbiamo sottovalutato la loro crudeltà ed è stato un grave errore».

«Orribile», commentò Ci, con le zampine giunte e le sopracciglia inarcate «E, soprattutto, chi mai comprerebbe una pelliccia di animale? È così pacchiano, oltre che disgustoso!».

«Credimi, purtroppo hanno parecchio mercato. E per le leggi degli uomini è del tutto legale», ribatté la volpe. «Inoltre non si ferma solo qui da noi; dovete sapere che nel Nord e nell'Est dell'Europa, a causa del clima rigido, la produzione delle pellicce è dieci volte maggiore; utilizzano addirittura cuccioli di foca, visoni e altri piccoli mammiferi. Peccato, però, che le pellicce vengono vendute anche in luoghi dove la temperatura non scende mai sotto zero».

«Cuccioli di foca?» gli fece eco Rick, che fino a quel momento non aveva aperto bocca. Aveva un'espressione confusa, come di chi ha appena ricevuto un pugno dal suo migliore amico.

«Già», replicò Lazzaro, fissando il pavimento ricoperto di paglia. «Ed è anche una delle pagine più terribili di questa storia; quasi da film dell'orrore. I piccoli di foca sono molto vulnerabili e la loro pelliccia è parecchio ricercata. Vengono picchiate in testa, finché non cadono a terra prive di sensi. Uno spettacolo agghiacciante».

Ci sbarrò gli occhi e si rannicchiò addosso a Bill, che distolse lo sguardo, cercando disperatamente di darsi un contegno. Quel racconto avrebbe fatto piangere una tigre.

«Un leone marino ha visto i responsabili con i suoi

occhi», continuò Lazzaro in un soffio. «E ha divulgato la notizia tramite passaparola. Una sua vicina di casa, un raro esemplare di foca albina, è stata fatta uscire a forza dalla tana e con lei i suoi piccoli; li hanno caricati su un camion e... be' il resto ve lo lascio immaginare. Non sono più tornati».
Ci non riuscì a trattenere le lacrime.
«È orribile», ripeté, asciugandosi gli occhi. «I vestiti dovrebbero essere qualcosa di meraviglioso, devono donare felicità, e non essere impregnati di dolore. Spero che nessuno dei miei stilisti preferiti si dia ad azioni così abominevoli!».
«Già, speriamo», replicò la volpe. «Ma chi di speranza vive, disperato muore!».
«Cerca di farti coraggio, amico mio», replicò Guglielmina. Era molto agitata, ma ignorò questo suo stato d'animo per consolare Lazzaro. «Sei al sicuro adesso. A volte, la vita sa essere fedifraga e può lanciarti contro uova marce, ma il segreto sta nell'apprezzare i momenti di bellezza. E non preoccuparti, puoi rimanere qui per tutto il tempo che ti serve».
«Ben detto», approvò Paul, cercando di nascondere gli occhi rossi. «Un vero eroe non si riconosce dal numero delle medaglie che ostenta, ma dal sapersi rialzare anche la più brutta delle cadute».
«Non so proprio come ringraziarvi», rispose la volpe, sorridendo.
«Prima pensa a rimetterti», lo ammonì Beatrice con un verso stridulo, allungandogli un'altra dose di bibita energetica, ora corretta con nutrienti bocconcini fatti in casa. «Poi penserai a ringraziarci».
La volpe annuì e dopo aver mangiato, si sdraiò nuovamente sulla paglia, dicendo che si sentiva

troppo stanca per conversare ancora. Beatrice lo aiutò a distendersi, mentre Guglielmina cominciò a trafficare con il bauletto dei medicinali, in cerca di una garza pulita e delle giuste dimensioni per cambiare la fasciatura. In quelle condizioni, l'istinto predatorio di Lazzaro era del tutto azzerato; Bill osservò Malvina e Giuseppe, che messa da parte anche la più flebile scintilla di paura, si offrirono entusiasticamente di aiutare Guglielmina durante le operazioni mediche. Leone aveva ragione quando diceva che l'istinto per un animale era un quasi impossibile da sopprimere. Ma in quel momento, il quasi si stava materializzando in tutto il suo raro splendore.
Gli animali uscirono e si radunarono nel grande spiazzo, quello che alcune settimane prima avevano occupato per l'arrivo di Ci.
Questa volta, però, non vi era nulla per cui ridere.
«Ancora non riesco a crederci», fece Nino, scuotendo la testa. «Io mi domando come si possa essere così crudeli e arrivisti. Che malvagità. E pensare che se non fosse per noi animali a quest'ora la Terra non sarebbe altro che un pianeta morto».
«Molte persone sono disposte a tutto per qualche moneta extra», commentò Lardo con enfasi. «Persino a uccidere animali innocenti».
«Chiamarle "persone" mi sembra esagerato», replicò Pallino. «Tutto questo non ha niente di "umano"... e neanche di "animale" a pensarci bene».
«Non dobbiamo essere ingiusti, però», soggiunse Rick. «Non cadiamo nella trappola dell'odio e dell'intolleranza. Non tutti gli uomini sono così».
«Il nostro padrone non lo è,» annuì Paul, «ma quello

di Lazzaro... ah, dio del pollaio, aiutaci tu».
«Altro che l'Abominevole Creatura», mormorò Ci. «Chi poteva immaginare una cosa simile?».
«Un conto era nelle società primitive», disse Lardo, con l'aria saggia che di rado si permetteva di mostrare e che, accompagnata all'assenza di canzonatura, dava una chiara idea di quanto fosse grave la situazione. «Quando gli uomini vivevano una quotidianità estrema e la scarsità di cibo, unita al clima rigido li costringeva a battersi con noi. Ma al giorno d'oggi, quando persino la costruzione di una colonia su Marte può sembrare realistica, uccidere degli animali indifesi per rubar loro la pelliccia mi sembra una follia tale che fino a ieri non riuscivo nemmeno concepirla!».
«Con questo gli esseri umani hanno oltrepassato ogni limite», grugnì Nino. «Spaventoso, putrido è a dir poco».
«Non è giusto!» protestò il piccolo Ci, torcendosi le zampe. «Quelle povere volpi e quei poveri cinciquà».
«Cincillà», lo corresse Bill laconico.
«Mi chiedo come mai i nostri amici animalisti non si siano dati da fare affinché questa barbarie venga classificata nella giusta maniera!» borbottò Pallino.
«Non credere», replicò Lardo. «Si saranno dati da fare anche per questo, ma il problema è che combattere contro i poteri forti non è affatto facile. E poi, hai sentito Lazzaro? È del tutto legale e non solo lottano contro le azioni dei potenti, ma anche contro la dispersione nel territorio. Controllare una vasta aerea non è semplice come giocare a carte!».
«E adesso stanno per compiere quest'empietà a un tiro di schioppo da casa nostra!» esclamò Paul, come

a completare il discorso del gatto.
«E tu, Bill?» chiese allora Ci, fissando il compagno di guardia. «Non dici niente? Ti vedo concentrato, stai architettando qualcosa?».
A queste parole, Bill si schiarì nuovamente la gola, in procinto di dare pieno sfogo al suo vocione da campo di battaglia.
«Amici miei,» esordì infatti il cane, «sapete che mi sono sempre fatto carico di tutto e che ho cercato in ogni modo possibile di non farvi mancare nulla; vi ho sempre difeso e portato avanti l'onore e la rispettabilità della nostra fattoria e dei nostri membri onorari».
«Puoi dirlo forte», mormorò deciso Pallino.
«Noi animali siamo diventati ciò che più si avvicina alla vita vera», continuò Bill, con vigore. «Non mi stancherò mai di ripeterlo e per me è un valore a carattere universale. Viviamo a stretto contatto con la natura e con i suoi frutti, collaborando affinché l'intero ecosistema funzioni alla perfezione. Dichiaro pertanto che pratiche simili a quelle descritte dal nostro nuovo amico Lazzaro, siano qualcosa che va contro la naturale comprensione e il diritto delle vecchie e nuove generazioni».
«Questo lo avevamo appurato», replicò Ci, annuendo. «Ma non capisco dove vuoi arrivare».
«Dal momento che la nostra fattoria è spesso un punto di riferimento per ogni genere di animale, sia questo un carnivoro o erbivoro, a eccezione dei pericolosi predatori», riprese Bill. «Io non posso tollerare un simile crimine, una simile empietà, tra le peggiori fra l'empietà! Il nostro dogma *"Trattali con amore, ma non divenirne lo schiavo"* è stato infranto

nel più terribile e vigliacco dei modi; è nostro dovere adempire al ruolo di custodi della Natura e renderle giustizia. Vi chiedo umilmente di aiutarmi nel procedere per liberare i poveri cincillà intrappolati».
«Santo Albume!» esclamò Paul, con gli occhi fuori dalle orbite. «Ma dico, ti ha dato di volta il cervello?».
«No», rispose Bill. «Non sono mai stato più serio in vita mia».
«Ridicolo!» esclamò con forza Nino. «Bill, non possiamo portarci dietro una mandria di cincillà per la campagna. Non ora che l'autunno si avvicina e con i tassi frementi».
«Infatti», replicò Pallino, annuendo. «Inoltre, secondo il racconto di Lazzaro ci sono milioni e milioni di allevatori del genere sulla Terra. Non possiamo liberarli tutti».
«E chi ha parlato di liberarli tutti?» rispose il cane, accigliandosi. «Intanto ci occuperemo della nostra zona. Sono più che convinto che, se ci mettiamo a lavorare sodo, inventeremo un piano di fuga degno di questo nome. Non solo, sono quasi sicuro che la nostra impresa diventerà famosa e sarà d'ispirazione per gli altri».
«Cioè vorresti creare una specie di Congresso per la Liberazione degli Animali Pellicciosi e Perseguitati?» chiese Lardo, recuperando la sua aria sorniona.
«Una specie», rispose Bill, non accogliendo la provocazione.
«Io ci sto», replicò il gatto.
Il cane aprì lievemente la bocca. Avere Lardo dalla sua parte era qualcosa di così inusuale che gli fece capire quanto geniale fosse la sua idea.
«Anch'io!» esclamò Ci, saltellando. «Non vedo l'ora di

cominciare. Sarà divertente».
«Sarà molto pericoloso», replicò Bill, osservando il piccolo chihuahua e immaginandoselo già come una fonte di guai.
«Ho dei dubbi», fece Paul sconsolato.
«Secondo me, passeremo alla storia!» esclamò Ci, elettrizzato.
Lardo annuì e si ritirò nel garage.
«Vado a preparare la mappa».
«Mi raccomando», disse Bill in tono di rimprovero, trattenendolo per la collottola. «Niente scherzi».
«Abbiamo un mondo da salvare qui. Non credo sia il momento per gli scherzi», rispose Lardo, sparendo nell'oscurità.
«Credi che ce la caveremo?» chiese il Rick, rivolto a Bill. «Io sono con voi, lo sai che quando si tratta di vivere un'avventura alla "Guardiano della Notte", non mi tiro mai indietro, ma non posso seppellire la preoccupazione».
«Non lo so», replicò il cane. «Ma dobbiamo liberare quegli animali, Rick, dobbiamo liberarli a tutti i costi e provare fa già parte della soluzione».
«È un'idea coraggiosa», convenne Lazzaro, quando Bill ebbe spiegato il piano anche agli altri. «Ma non credo che avrà esito positivo».
«Non essere pessimista», lo rimproverò Malvina.
«Non sono pessimista», replicò Lazzaro. Bevve un sorso della bevanda energetica di Beatrice e poi proseguì. «Sono realista. E non mi riferisco solo ai tassi. Sapete, il mio allev... voglio dire il mio aguzzino ha preso prestiti in quasi tutta la regione per questa attività. Ma gli affari non sono andati come sperava. Se con questa batteria di cincillà riesce a

rientrare nelle spese, diventerà un fornitore rinomato».
«Ragione in più per aiutare quei piccoli cincillà», replicò Bill, alzando le spalle.
«Ma non capite!» esclamò la volpe, scuotendo la testa. «Tiene al suo affare più della sua stessa vita. Non permette nemmeno a sua moglie di avvicinarsi alle gabbie e ha disposto trappole mortali tutt'intorno... e poi...».
«E poi cosa?» chiese Rick con le sopracciglia aggrottate.
«C'è un grosso cane all'ingresso che non promette niente di buono», rispose Lazzaro.
«Deve trattarsi di Nero!» esclamò Bill trionfante. «Lo conosco, è un mio amico».
«Un tuo amico?» chiese Ci.
«Sì», replicò il cane. «Be' in realtà, è parecchio che non lo vedo; il nostro padrone ha smesso da tempo di interagire con il suo. Non ho mai capito il perché, ma ora che il nostro amico ci ha raccontato a quali azioni abominevoli si presta quell'uomo, mi è tutto più chiaro. In ogni caso, Nero è un bravo cane e sarà dalla nostra parte».
«Se è così bravo come dici, perché non ti ha avvertito subito delle atrocità commesse dal suo padrone?» chiese Lazzaro.
«È legato, lo avrai visto anche tu», spiegò Bill afflitto. Si ricordava di una volta in cui il vecchio Jacob aveva avuto da ridire sul trattamento riservato a Nero. Per tutta risposta il suo padrone gli aveva detto che la corda era lunga più di trenta metri e perfettamente in regola con le leggi vigenti. Inoltre, aveva paura che qualcuno gli facesse del male e per

la notte lo teneva chiuso in casa. «E il suo padrone non lo lascia solo un secondo. Impossibile avvicinarsi. Ma come ho detto poc'anzi, è un cane di buon cuore e sono sicuro che ci aiuterà».
«Non credo affatto», replicò invece la volpe sconsolata.
«Questo lo vedremo...», mormorò Bill. Poi alzò la testa in direzione dell'albero di faggio, che in pochi mesi avrebbe lasciato andare le fragili foglie. «Pallino!»
«Ai tuoi ordini Bill», fece l'uccellino, scattando sull'attenti. Il dover partecipare all'impresa lo aveva galvanizzato oltre misura, tanto da renderlo meno brontolone e più collaborativo.
«Posso chiederti un favore?» chiese il cane. «Potresti fare un sopralluogo alla fattoria di Nero?».
«Non mi tentare», ribatté la cinciallegra. «Se ci vado e mi ritrovo davanti quel mostro di un allevatore, lo riduco peggio di un colabrodo».
Guglielmina, che si era entusiasticamente offerta come consulente per la missione, gli scoccò un'occhiata fra il rassegnato e il commiserevole.
«No», ripose Bill laconico. «Devi solo dare un'occhiata, niente atti di violenza. Ricordati, noi animali dobbiamo dare il buon esempio ed essere leali».
«E va bene», replicò Pallino, un po' deluso dalla bocciatura della sua impresa alla Rambo. «Lo sai, basta che non ci siano i draghi di mezzo e posso fare qualsiasi cosa».
Lazzaro lo fissò senza capire; erano già due volte che sentiva quella cinciallegra parlare di draghi e la cosa non gli quadrava. Si voltò verso Paul che scosse il capo.
Pallino partì dunque alla volta della fattoria vicina,

mettendoci circa trenta minuti buoni nel ritornare.
«Com'è andata?» chiese Bill ansioso. «Hai visto qualcosa di interessante?».
«Umph», fece Pallino, posandosi nuovamente sopra l'albero di faggio e stiracchiandosi le sottili zampine. «Terribile ragazzi! Anzi terribile è dire poco!».
«Cosa?».
«Dunque», esordì la cinciallegra, gonfiando le guance. «Ho coperto una distanza di circa tre chilometri, prima di arrivare nel luogo indicatomi. C'è un'alta staccionata che circonda la fattoria di Nero, molto spessa e scheggiata. Senza far rumore, mi sono avvicinato il più possibile alla cantina».
«E dunque?».
«Ho visto dallo spioncino una gabbia piuttosto grande», continuò Pallino in un soffio. «All'interno della quale erano stipati una cinquantina di piccoli mammiferi».
«Cincillà!» esclamò Ci, trionfante
«Esatto», mormorò Lazzaro.
«Mi sono nascosto fra alcune assi», proseguì la cinciallegra. «Sfortunatamente, ne ho fatte cadere un paio e ho attirato l'attenzione del cane, che si alzato di scatto. Il nostro uomo stava arando poco distante, ed entrambi hanno puntato nella mia direzione. Per fortuna non si sono accorti di me. Una lucertola, invece, mi ha osservato con circospezione... quegli esseri non mi convincono affatto, somigliano troppo ai draghi e questo la dice lunga sulla loro presunta onestà».
Bill alzò gli occhi al cielo.
«C'erano trappole, trabocchetti o simili cose?» chiese Paul, intrecciando le piume sotto il mento.

«A parte il cane e il fatto che il territorio dei tassi si trova proprio lì accanto, io non ne ho viste», rispose Pallino.
«Molto bene», Bill salì sopra il pollaio, affinché gli animali ivi presenti potessero ascoltarlo meglio.
«Dunque, occorrono armi, una mappa e delle provviste», declamò il cane. «Questa è la vostra risposta definitiva. Se siete con me e credete nella missione potete restare e aiutarmi a preparare l'occorrente e un piano di azione; altrimenti siete pregati di ritiravi nelle vostre abitazioni e non intralciare il lavoro».
«Io ci sto!» esclamò Ci, saltellando con gioia. «Non cambierei idea nemmeno per sogno! Come mi hai detto, è ora che io mi preda le mie responsabilità e non ti deluderò».
Bill lo fissò perplesso. Ci aveva ben appreso i suoi insegnamenti e questo gli faceva piacere, ma nella pratica zoppicava ancora. Volle comunque dargli una possibilità e fiducia.
«Anch' io voglio partecipare», gridò Rick.
«Anch' io».
«Contatemi».
«Calma, calma» Bill cercò di placare il chiasso. «Valuteremo insieme il ruolo di ciascuno di voi...».
«Quando pensi che sarà pronto il piano d'azione?» chiese Guglielmina.
«Prima iniziamo a lavorare e meglio è», disse Bill saggiamente, poi si guardò intorno. «Dunque, Rick, Paul e Guglielmina venite con me ad aiutare Lardo».
«E noi?» chiese Ci deluso, indicando sé stesso e Pallino.
Bill serrò le labbra.
«Voi due» disse lentamente. «Aiutate Beatrice».

«Ma io volevo aiutarvi con il piano», brontolò Pallino.
«Smettila di berciare!» lo redarguì Ci. «Ogni componente è importante e il lavoro di ciascuno favorisce la buona riuscita della missione».
Bill annuì leggermente ammirato poi guidò gli altri verso la legnaia.

CERVI, FATE E GALLERIE INDISTRUTTUBILI

Nella tarda mattinata, Bill radunò gli animali al centro del cortile, fra le zampe un enorme mappa colorata, un paio di sacchi di iuta grandi quanto due zampogne e un vecchio taccuino ricoperto di scritte azzurre. Ci si rizzò sulle zampe in prima fila, con Pallino sulla spalla, ansioso di sapere il suo ruolo.
Bill salì sopra il pollaio, schiarendosi la gola.
«È stata una vera faticaccia!» esclamò. «Ma alla fine siamo riusciti a creare un piano d'azione decente, delle armi e a decidere il ruolo di ciascuno di voi».
«A scapito della mia salute mentale», borbottò Lazzaro, con la pelliccia sporca di ogni genere di colore.
«Che ti è successo?» chiese Pallino, guardandolo di sbieco.
«Un problemino con i miei artigli», completò Guglielmina sbadigliando, anche lei simile a un pittore macchiaiolo. L'aver sfidato così impunemente il suo istinto naturale, cominciava a farsi sentire. Le piume color mogano erano stoppose e due cerchi scuri le incupivano lo sguardo.
Pallino decise di non indagare ulteriormente e si voltò di nuovo verso la cima del pollaio.
«Che bello!» esclamò Ci. «Voglio essere io a guidare la spedizione».
«A ciascun membro della fattoria», continuò Bill ad alta voce, «è stato dato un ruolo ben preciso a seconda delle proprie abilità e della specie di appartenenza».
«Qui dentro,» proseguì il cane, indicando i sacchi di iuta, «Troverete delle armi, donateci per gentile concessione di Lardo, che fortunatamente, ha im-

piegato gli anni di servizio nella nostra fattoria fabbricando reti, armi ed altri bizzarri manufatti».
«Frutti della mia straordinaria materia grigia», miagolò lentamente il gatto, facendo le fusa. «Se non fosse stato per il mio lavoro... a quest'ora...be'...».
Bill lo ignorò, facendo ruotare gli occhi.
A ognuno di voi è stata assegnata un'arma», continuò il cane. «Su ciascuna è segnato il vostro nome. Prendetela silenziosamente e tornate ai vostri posti, abbiamo poco tempo per prepararci».
Neanche a dirlo, gli animali ignorarono la richiesta di Bill e si avvicinarono ai sacchi facendo un gran baccano. A Ci toccò uno spray al peperoncino, ottenuto grazie alle conoscenze di Guglielmina, a sua volta grazie agli insegnamenti di Beatrice, sull'uso delle erbe urticanti; Pallino si beccò un set di piattini da tè grossi il triplo di lui e che a fatica riusciva a tenere; per Rick, avendo quest'ultimo degli aculei già di per sé pericolosi, si optò per la protezione, fornendogli un elmo e una specie di armatura color verde metallico. Paul, invece, si ritrovò armato di uno strano oggetto simile a un telefonino.
«Piatti», fece Pallino, tirandoli fuori dallo zainetto minuscolo in cui erano stati riposti e rigirandoseli fra le ali. «Pensavo che la nostra fosse una missione di salvataggio, non un pic-nic».
«I piatti possono essere armi eccezionali», spiegò Bill, in un soffio. «Utilissimi a stordire gli aggressori».
«Sarà», fece la cinciallegra perplessa. «Ma preferisco portare anche il mio super retino».
«Oh no», sospirò Rick.
«Hai un super retino?» chiese Ci elettrizzato.
L'uccellino annuì e tirò fuori da un cespuglio adia-

cente, un doppio retino, grosso il triplo di lui, da cui pendevano dei cordoni che, se tirati, creavano un piacevole effetto sacchetto.
«L'ho battezzato il Super Cattura Draghi di Pallino il Distruttore».
«Wow!» esclamò il chihuahua affascinato. Poi si rivolse a Bill. «Possiamo portarlo?».
Il cane non rispose e fissò Pallino con aria disperata.
«Chi me lo fa fare».
«Be' potrebbe esserci utile», constatò Lardo, rigirandoselo fra le zampe. «Qualora fossero cocciuti all'ennesima potenza o tentassero la fuga, potresti usarlo per riacciuffarli».
«Non credo farà loro piacere l'essere imprigionati in un retino», mormorò Bill, alzando le sopracciglia. «Ma portalo pure, se ci tieni».
«Grazie», fece la cinciallegra, annuendo. «Sei un cane saggio».
Bill sospirò. Ancora una volta, il cigolio del cancello di "Frizzi e Crismi" rimbombò nella sua testa.
«Cos'è quello?» chiese Giuseppe che, richiamato dal discorso di Bill, era uscito fuori dal pollaio accompagnato da Malvina. Indicò lo strano oggetto scuro che Paul teneva fra le ali.
«Il mio Walkie Talkie!» esclamò Ci, con gli occhi fuori dalle orbite. «Dove... Come... Perché ce l'ha Paul?».
«Serve per tenerci in contatto», spiegò Bill pazientemente. «Paul ci avviserà poco prima che spunti il Sole».
«Cosa?» chiese Paul. «Vi muoverete di notte?».
«Mi sembra la cosa più intelligente da fare», commentò Guglielmina. «Sarò io a guidare dall'alto la spedizione e, secondo il meteo, stanotte si prean-

nuncia una luna piena splendente».
«Stanotte!», esclamò Pallino. «La spedizione per il recupero dei cincillà è stanotte?».
«Stanotte!» confermò Lardo deciso. «Con Bill, abbiamo pensato che sia la cosa migliore. Non appena torneremo sistemeremo i fuggiaschi da Nino».
«Cosa?» chiese il maiale contrariato. «Bill, non fraintendermi; la storia di Lazzaro ha toccato le corde del mio cuore e della mia mente e, come tutti voi prego per il buon esito della missione di recupero, ma il padrone viene ogni mattina a sistemare la mia abitazione e se li scoprisse, finiremmo tutti nei guai!».
«Non preoccuparti», provò a tranquillizzarlo Guglielmina. «Resteranno lì solo per la giornata di domani. Non appena cadrà la notte, li guideremo verso la Riserva delle Mandragole, a est, dove potranno vivere liberi e in pace».
Rassicurato, Nino grugnì sommessamente.
«Vado ad avvisare Koda e gli altri», disse Bill in tono spiccio. «Parlerò loro della missione e gli dirò di aumentare la sorveglianza».
«Ci aiuteranno certamente», disse Pallino. «Soprattutto Ruby. Aurora sarebbe fiera di noi».
«Aurora», mormorò Ci. «È quella bambina tanto buona di cui mi hai parlato l'altra volta?».
«Esatto», rispose il cane, annuendo.
«Una bambina adorabile», convenne Beatrice. «Vorrei che ce ne fossero di più come lei».
«Già», disse Bill. «Be', speriamo che il suo spirito così coraggioso ci guidi lungo la nostra impresa».
Così dicendo, afferrò l'altro sacco di iuta, all'interno del quale vi era una ricompensa anticipata e partì alla volta del muro a ovest, dove suoi amici mon-

tavano la guardia.
Lardo ricevette il compito di illustrare la mappa e spiegarla in modo chiaro e sintetico. Guglielmina ottenne invece l'incarico di allenarli sia a usare le armi, sia ad aiutare Rick a camminare con la nuova armatura.
Bill fu di ritorno durante il primo pomeriggio e intimò agli animali di comportarsi nel modo più naturale possibile, in modo da non insospettire il padrone.
«Uffa!» protestò Rick che, dopo due ore di pratica, barcollava ancora sotto il peso dell'armatura.
«Ma perché solo io devo indossare questa ferraglia maledetta! Per chi mi avete preso, per Frodo Baggins?».
«Sei l'unico fra noi con armi incorporate», constatò Bill. «E se durante la spedizione pungi accidentalmente qualcuno di noi? Andiamo, tira fuori il tuo orgoglio nerd e vedila come un supporto per cacciare orchi, troll e vampiri».
«Non mi pare che i miei aculei siano mai stati un problema», brontolò il riccio. «E poi lo sanno tutti che i vampiri di oggi si possono tranquillamente battere con un caricabatteria per computer!».
«Per me no», obiettò Bill, ignorando le spiegazioni di Rick; le cose nerd non erano il suo campo. «Ma per gli altri potrebbero diventarlo».
«Hai già testato gli aculei di Rick, per caso?» chiese Ci curioso. Bill sospirò senza rispondere. Fu allora che il chihuahua si rese conto di non conoscere così bene i suoi compagni animali come credeva. Rick non era un animale da fattoria, ma un membro onorario come Pallino, il quale, sin da quando aveva

lasciato il Bosco della Cerva dove era nato, aveva deciso di stabilirsi a valle. Una fattoria non era certo un luogo adatto per un riccio e volle a tutti i costi conoscere il movente della presenza di Rick lì da loro.
«Come ci sei finito qui da noi, Rick?» lo interrogò dunque Ci.
«Ecco, devi sapere che è iniziato tutto in maniera piuttosto agghiacciante», replicò il riccio titubante. Non aveva molta voglia di rispondere ma, viste le circostanze e le tonnellate di acciaio che aveva addosso, non ebbe la forza di protestare.
«Che cosa intendi per "agghiacciante"?» domandò ancora il cagnolino.
«Era una mattina di primavera», iniziò a narrare. «Il Bosco della Cerva, il luogo dove sono nato, era ancora ricoperto di neve; solo le cime degli alberi lasciavano scoperta la corteccia rinsecchita dal gelo. Nelle settimane precedenti aveva fatto caldo e mi ero destato dal mio letargo. Purtroppo, il tempo in queste zone cambia rapidamente e dopo qualche giorno fummo sorpresi da un'abbondante nevicata. Il cibo scarseggiava e molti animali pensarono di scendere in paese, dove si poteva rovistare fra la spazzatura. Mi unii a loro, ma sbagliai strada e mi ritrovai in questa fattoria».
Ci trattenne il respiro.
«Bill all'epoca era un cane ancora giovane e la leggenda circa il suo straordinario aspetto non mi aveva impressionato. Insomma, pensavo che non fossero altre che chiacchiere», riprese Rick, facendo rimbombare la sua voce a causa dell'armatura. «Mi inoltrai fra la neve e mi ritrovai faccia a faccia con lui».

«Come Lazzaro», convenne il chihuahua, annuendo.
«Già», ammise Rick. «Inizialmente, Bill credeva che fossi un piccolo tasso, visto che la neve mi aveva ricoperto dalla testa ai piedi; e, non ricordandosi che la stagione per le cucciolate era ancora lontana, provò ad aggredirmi».
«Me la sono vista brutta», continuò il riccio con un cenno del capo, in risposta all'espressione corrucciata che il chihuahua aveva assunto. «Ma alla fine, comprese il suo errore e mi invitò nella stalla. La madre di Beatrice, che all'epoca era poco più che una ragazza, mi offrì del cibo e una vecchia coperta. Bill mi permise di rimanere fino al disgelo, ma poi mi presero talmente tanto in simpatia che decisi di restare come membro onorario».
«Forte!» esclamò il cagnolino. «Hai conosciuto anche la madre di Beatrice. Hai vissuto a lungo».
«Mi piace pensare che sia la mia passione per tutto ciò che è arte a mantenermi giovane e in forma», replicò Rick con sussiego. «Secondo me, un ideale, un interesse per qualcosa in particolare bisogna averlo nella vita. È il motore della nostra esistenza e ci accompagna anche in quella che verrà».
«Sono d'accordo», convenne il cagnolino. «Ma non oso chiederti come è stato essere a portata delle zanne di Bill, perché anche solo il pensiero mi fa venire i brividi».
«Non me ne parlare», ammise il riccio. «Ringrazio la mia buona stella che mi ha protetto e la neve che si è sciolta al momento giusto rivelando il mio vero aspetto».
I due animali continuarono ad allenarsi, Rick passò l'intero pomeriggio a esercitarsi a camminare, seb-

bene con scarsi risultati, mentre Ci per poco non finì accecato, puntandosi distrattamente contro l'erogatore dello spray al peperoncino. Bill, dopo averlo pesantemente redarguito e assicuratosi che non commettesse altre sciocchezze mortali durante la traversata, dovette occuparsi di Pallino che, invece, usò il Walkie Talkie per captare quelle che lui chiamava "frequenze draghesche" ovvero il fruscio emesso dalle ali dei draghi.
Verso le sette di sera, dopo che il padrone ebbe dato loro da mangiare e Lardo ebbe sgraffignato qualche avanzo dalla tavola, quando ormai iniziava ad annottare, gli animali si ritrovarono nel pollaio per salutare Lazzaro. Fecero il pieno delle bevande energetiche di Beatrice e di frutta secca, che avrebbero impedito loro, le prime di mettersi a ronfare nel bel mezzo dell'impresa e le seconde di non svenire. Si avvicinarono quatti quatti al cancelletto che la loro amica volpe aveva usato per fare irruzione lì da loro. Sebbene Lardo si fosse dato da fare al fine di oliare quei cardini arrugginiti, si esibirono ugualmente nel loro inopportuno cigolio.
Bill si guardò intorno in cerca di Ci.
«Dov'è quella piccola peste?» sussurrò concitato.
«Sono qui, Bill», rispose una vocina dal fondo della fila. «Vedo che il mio travestimento da *Mission Impossible* funziona alla grande».
Il cagnolino fece qualche passo avanti, presentandosi a Bill vestito completamente di nero, con un berretto da ladro in testa, scarponcini coordinati e una cintura di cuoio alla quale aveva agganciato lo spray. Indossava anche una specie di giubbotto antiproiettile che si era fabbricato da solo, usando

una padella consumata e dei guanti aderenti in lattice dello stesso colore.
«Ehm... pensavo che almeno per stavolta mettessi da parte le tue consuete pagliacciate», commentò Bill.
«Non capisci?» chiese Ci, sorridendo. «Questo abito è perfetto per la nostra "Missione Impossibile"».
«Veramente si chiama "Missione Libertà" e quell'abito...».
Bill si morse la lingua. Non era il momento di discutere con Ci, quindi annuì con un cenno del capo a mo' di approvazione, per poi girarsi verso Lardo. Il gatto, spianata la mappa che aveva creato nell'intero pomeriggio di lavoro, si fece luce con una torcia tascabile a manovella, ripetendo per l'ennesima volta la strada da intraprendere.
«Allora, ripassiamo il percorso», esordì Lardo in un soffio. «Dobbiamo attraversare la statale 24 e poi proseguire per il Bosco della Cerva. Guglielmina?».
«Sì, Lardo?» chiese il gufo, atterrando a qualche centimetro dalle spalle di Rick e posando gli enormi occhi gialli sulla mappa.
«Tu ci guiderai per questo tratto di strada», le disse, indicando con uno degli artigli affilati un percorso evidenziato in rosso. Dopodiché dovremmo fare ricorso a Neon».
«Chi è Neon?» chiese Ci curioso.
«È una lucciola nostra amica», spiegò il gatto.
«Un mio vecchio amico», specificò Pallino con un ghigno.
«Mi fa piacere», disse Guglielmina. «Non posso guidarvi lungo la galleria».
«La galleria?» chiese di nuovo il chihuahua.
«È un tunnel sotterraneo che è stato costruito du-

rante la seconda guerra mondiale», spiegò Bill con enfasi. «Ho già avvertito Bulldozer; ci aspetterà lì assieme a Neon».
«Molto bene», approvò Lardo. «La galleria ci permetterà di varcare il territorio dei tassi senza essere assaliti. Sfoceremo nella radura est... in meno di mezz'ora arriveremo da Nero».
«Io sarò a capo del gruppo», disse Bill. «Lardo e Rick chiuderanno la fila».
«Voi due», continuò il cane, prima che Ci e Pallino potessero proferir verbo. «Starete al centro e vedete di non combinare nessun guaio, ok?».
«Puoi contare su di noi, capo!» esclamò il chihuahua, giungendo le zampine.
Bill annuì con forza e non appena Guglielmina ebbe preso posto sopra le loro teste, si accinsero a partire.
«Fate Buon Viaggio», li salutò Nino con uno dei suoi libri.
«Buona fortuna!» li salutò Malvina con entusiasmo.
«Che il Grande Spirito sia con voi», disse Beatrice.
«Mi sarebbe piaciuto unirmi a loro», borbottò Giuseppe, rientrando nel pollaio. «Uffa!».
«Tu avrai un compito altrettanto importante», lo consolò la madre. «Aiuterai tuo padre a restare calmo».
Il pulcino la fissò senza capire.
«Le albe per lui sono come le sirene per Ulisse», spiegò Rick, posando una delle ferrose zampe sulla spalla dell'amico piumato.
«Non appena vedo un po' di luce», fece Paul a suo figlio, impossibilitato, al pari degli altri, nel comprendere le citazioni di Rick. «Mi sento come sotto ipnosi. E la voglia di annunciare un nuovo giorno è

più forte di me. Tu e tua sorella dovrete zittirmi e impedire che il mio involontario canto svegli il padrone».
«Speriamo di cavarcela prima dell'alba», sospirò Lardo. «Ma non si sa mai cosa può accadere».
«A scanso di equivoci», esordì Bill rivolto ai due giovani pennuti. «Tenete d'occhio vostro padre, ok?».
«Ok Bill», gli rispose Giuseppe, portandosi la microscopica aletta alla fronte e salutandolo come un carabiniere. «Non ti deluderemo».
Bill annuì compiaciuto. Sapeva di essere sempre stato un mito per il piccolo Giuseppe e, da un po' di tempo, era convinto che la sua influenza lo avesse reso più coraggioso di quanto si potesse supporre.
Malvina fece un piccolo inchino.
«Credo che per lui sarà una lezione preziosa», disse la gallina rivolta a sua madre, osservando gli amici partire all'avventura. «Un buon allenamento per quando sarà lui il gallo alfa».
«Già», convenne Beatrice. Poi si arrampicò su per le scalette. «Vieni andiamo dentro, tra poco anche tu sarai in grado di fare le uova e con questo freddo rischi di ammalarti gravemente».
Malvina seguì sua madre e chiuse per bene la porta del pollaio, pregando che la missione avesse successo.

Il Bosco della Cerva si trovava a pochi metri dalla fattoria. La comitiva attraversò la statale 24, evitata il più possibile dagli animali, essendo diventata negli anni più letale di qualunque predatore. Rick, forse influenzato dalle storie agghiaccianti che giravano attorno a quella carreggiata, rimase per diversi minuti immobile sul freddo asfalto, mormorando una preghiera; era una preghiera da riccio e quindi molto diversa da come la intendiamo noi uomini.

"Tre aculei ai re dei porcospini, sotto il cielo del letargo,
Sette ai re dei moscardini, nei loro nidi di ghiande,
Nove ai ricci mortali che il triste asfalto attende,
Uno per l'oscuro sire, chiuso in una reggia di terra;
Nel territorio dei tassi, dove l'ombra nera scende.
Un aculeo per domarli, un aculeo per trovarli, un aculeo per ghermirli e nella statale 24 incatenarli".

Bill, sfiorato a malapena un attacco di panico colossale, si costrinse a fare affidamento su Guglielmina, che, grazie all'armatura, riuscì ad afferrare Rick e a trasportarlo dall'altro lato senza ferirsi. Il riccio parve riprendere possesso di ogni sua facoltà motoria e mentale solo quando sentì la piumosa erba sotto le zampe.
Il nome così pittoresco attribuito al bosco, derivava da una vecchia e alquanto bislacca leggenda sull'avvistamento di una cerva bianca dagli zoccoli d'argento e dalle piccole corna d'oro; si diceva che si fosse lasciata avvicinare da un cacciatore, per poi tramutarsi in una bellissima fata. La fata aveva rapito il cacciatore, portandolo a vivere con lei nel sottobosco, senza che lui, prigioniero di un suo incantesimo, potesse mai ritrovare la via di casa. Da allora, il Bosco della Cerva era divenuto teatro di numerosi fenomeni al limite dell'umana e dell'animale comprensione. Erano storie inverosimili, più o meno come quelle riguardanti Bill, alle quali solo un

credulone come Pallino, che per altro credeva ciecamente alla cerva-fata, poteva dar credito.
In quel momento appunto, rassicurato dal fatto che la notte non era ancora buia e pesante e dalla presenza dei suoi amici, si stava cimentando in un'animata discussione con Ci, circa la veridicità o meno di quelle storie.
«L'ha vista!» esclamò in tono concitato.
«Davvero?» chiese Ci estasiato. «Quando è successo?»
«Poco tempo fa», prese a narrare la cinciallegra. «Un mio amico merlo che abita da queste parti stava tornando al nido dopo una battuta di caccia. Era la metà di settembre e il bosco un tripudio di insetti brulicanti, in procinto di godersi gli ultimi raggi solari. All'improvviso, gli è sembrato di vedere una giovane donna dai capelli biondi come l'oro e dalla carnagione opalescente. Era in compagnia di un ragazzo vestito di stracci e di una bizzarra e inquietante creatura. Era alta poco più di mezzo metro e indossava un pagliaccetto rosso vino, disseminato di pagliuzze e orpelli che perdeva a ogni passo».
«Ma forse non si trattava della mitica cerva», provò a obiettare il chihuahua. «Forse era solo una famiglia a passeggio».
«Non credo proprio», replicò Pallino cocciuto. «Non ci crederai mai ma, all'improvviso, l'essere di cui ti ho appena parlato, voltandosi, si è accorto del mio amico. Gli ha riso in faccia e dopo averlo visto battere le mani due volte, è stato avvolto da un fascio di luce così intenso che lo ha costretto a chiudere gli occhi. Quando li ha riaperti erano spariti».
«Il mio amico ha rischiato grosso. Dopo essersi cal-

mato, ha provato a razionalizzare sulla cosa ma, ecco, converrai che sarebbe stato impossibile per chiunque. È venuto subito da me; non per vantarmi, ma sono l'unico nei paraggi ad avere la maturità necessaria con cui parlare di queste cose».
Guglielmina alzò gli occhi al cielo e si trattenne dal discendere e rifilare a quell'allocco travestito da cinciallegra, una sberla degna di questo nome.
«Wow», fece il chihuahua. «Sai, io preferisco non credere nei draghi. Dare veridicità alle loro storie, potrebbe renderli reali e visto la paura che mi fanno, preferisco non pensarci e lasciarli tranquilli nel mondo della fantasia. Le fate, be' è il ragionamento opposto. Le adoro e se credo in loro con ogni fibra del mio essere, magari si paleseranno. Tu che ne pensi?».
«È un ragionamento onesto», convenne la cinciallegra. «Ma preferisco non abbassare la guardia. I draghi sono pericolosi e far finta di nulla può portarti alla tomba».
«Pensi che riusciremo a vedere qualche fata, stanotte?» chiese Ci, mentre superavano un enorme cespuglio di belladonna.
«Non ci metterei la mano sul fuoco», rispose Pallino, scuotendo lentamente la testa. «Ma chi può dirlo?».
Ci fu elettrizzato per il resto della traversata e per poco non rischiò di cadere in una tana di coniglio, per andare dietro a quello che definì in seguito "un chiarore da fata". Fu lecito da parte di Bill, chiedersi se fosse tornato a casa vivo o se era il caso di iniziare a pensare a quale vestito fargli indossare per il suo funerale.
«Se non altro è una bella serata», mormorò Rick,

gettando uno sguardo malinconico alle stelle tremolanti.
«Già», convenne Pallino. «Altro che lo schifo della scorsa settimana. Il cortile era pieno di sabbia; noi uccelli sembravano appena tornati da un'escursione nel Sahara. Ortensio, il pettirosso che vive nel castagno a ovest ci ha messo una vita per rimuovere la polvere accumulatasi e le sue provviste sono andate perdute. Scommetto tutto l'oro del mondo che è stato l'incantesimo di un drago. Loro adorano il caldo!».
Guglielmina scosse la testa.
«Pallino, te l'ho detto mille volte», fece il gufo, sospirando rassegnato. «È pura e semplice pioggia».
«Pioggia?» chiese Ci incuriosito.
«Mista a sabbia», completò Lardo, dispensando un'esaurita Guglielmina da ulteriori spiegazioni. «Il calore sprigionato dai roventi deserti produce vapore acqueo che poi si trasforma in pioggia».
«Il ciclo dell'acqua», sintetizzò Rick, fugando l'espressione confusa di Ci. «Il problema è che il vapore acqueo creato dal calore del sud, reca in sé moltissima sabbia che scende assieme alla pioggia.
«Dove si trovano questi deserti?».
«Sotto di noi».
Ci si fissò i piedi con aria preoccupata.
«Geograficamente, sotto di noi!» esclamò Bill, pazientemente. «A sud».
«A sud, giusto», convenne il cagnolino in tono svagato. «Che stupido, mi ero confuso con le eruzioni vulcaniche. Purtroppo non ho molta dimestichezza coi punti cardinali, mi confondo sempre».
«Chi l'avrebbe mai detto», mormorò Bill, in tono

lievemente sarcastico.
«Stai attento ai vulcani!» lo redarguì Pallino, che per tutta la spiegazione aveva avuto la buona volontà di tacere. «Sono le tane dei draghi, quelli...».
«Benedette testoline», mormorò Guglielmina, cercando di non farsi sentire da quella permalosa cinciallegra. Se Pallino fosse stato un umano e uno scienziato, sarebbe diventato la barzelletta dell'intera comunità di ricerca.
«Certo che imparare è meraviglioso», disse Ci, giungendo le zampine estasiato. «Mi piacerebbe saperne di più».
«Lasciamo perdere», tagliò corto Bill. «Avrai tempo per le lezioni di scienze, a ritorno».
«In effetti non mi sembra né il momento né il luogo, per conversazioni di questo genere», convenne il chihuahua. Bill alzò gli occhi al cielo con gratitudine. I momenti di tranquillità di Ci andavano ringraziati nel modo più solenne possibile.
Quando la luna fece capolino fra gli alberi, bianca e imperiosa come una dea, arrivarono alla galleria. Guglielmina fu costretta a passare il testimone, ma non prima di avergli dato un ultimo consiglio.
«Tenetevi sulla destra», disse a Bill. «La parte sinistra è marcescente e mortale. Ho sentito di topi che ci hanno rimesso la pelle. Bene per noi gufi, male per loro. Non voglio che vi accada lo stesso».
«Non preoccuparti, Guglielmina», replicò Bulldozer, accendendo la luce sul casco; le batterie quasi scarica rendevano vitale la presenza di una fonte di luce alternativa. La talpa li aspettava a inizio tunnel, accompagnata da un puntino color verde elettrico che volteggiava a mezz'aria, poi rivelatosi essere la

lucciola Neon. «Conosco le gallerie della zona, meglio di qualunque topo, vivo o morto che sia. Finché staranno con me, non hai nulla da temere».
«Sapere che ci sei anche tu mi tranquillizza», convenne il gufo. Si accovacciò, in procinto di spiccare nuovamente il volo, dicendo: «Avvertirò gli altri che siamo riusciti ad attraversare il Bosco della Cerva senza problemi. Buona fortuna!».
«Grazie!» le gridò Ci di rimando. «E porta i miei saluti».
Guglielmina si allontanò, il suo profilo sghembo rimpicciolì fino a scomparire, cosa che obbligò Ci a voltarsi per le presentazioni.
«Buonasera», li salutò affabilmente Neon, volteggiando a un centimetro dal naso di Lardo. «Io sono Neon e vi guiderò lungo la galleria. Bulldozer mi ha raccontato della missione di salvataggio e devo dire che il vostro coraggio rende onore a tutta la valle».
«Sei troppo gentile, amico mio», lo salutò Pallino, con una leggera reverenza.
«Pallino!» esclamò la lucciola. «È tanto che non ci vediamo, se non sbaglio...».
«Dal Natale scorso», gli venne in aiuto la cinciallegra. «Da quando mi ha stracciato a Tombola».
«Scusami», replicò Neon, leggermente contrito. «Non è colpa mia se tu non sai fare altro che perdere!».
«Io non perdo», ribatté la cincia con voce querula. «Sono sicuro che hai barato, come al tuo solito».
«Basta con le chiacchiere», intervenne Bill, spingendoli all'interno della galleria. «Abbiamo un lavoro da portare a termine e se non ci sbrighiamo arriveremo in Primavera».
Pallino seguì con lo sguardo Neon, che prendeva

posto alla testa del gruppo. Nonostante fosse poco più che microscopico, riuscì a illuminare la strada meglio di una lampada a olio. Ci, dando un'occhiata alle pareti, si accorse che Guglielmina non aveva affatto mentito. La galleria era marcescente di umidità e gocciolante di fanghiglia dall'odore nauseabondo. Si chiese come Bulldozer e i suoi figli potessero essere tanto sereni e gioiosi pur vivendo in luoghi simili.

«Bleah», fece il chihuahua, finito che ebbero di passare davanti a un mucchio di quella che sembrava ricotta ammuffita. «Questo posto mi dà il voltastomaco».

«A destra», li consigliò Bulldozer, rinnovando le raccomandazioni di Guglielmina, precedendoli di qualche metro. «Qui il terreno diventa scivoloso e se non volete ritrovarvi a sguazzare nel fango, farete meglio a darmi retta!».

«Disgustoso», brontolò Lardo, costretto più volte a fermarsi per scollarsi di dosso la fanghiglia che colava dal soffitto. «Odio le gallerie, non metterò mai più piede in luogo così, sia esso una galleria, un tunnel o una miniera!».

«Hai proprio ragione!» convenne Rick, annaspando fra una miscela simile a petrolio. «Questo non è luogo per animali... e neanche per esseri umani vorrei aggiungere!».

«In realtà, non è proprio così», disse Bulldozer, spostando un mucchio di pietrisco che ostruiva il passaggio. «Oltre ai soldati che vi hanno trovato riparo durante la Seconda Guerra Mondiale, ci sono molti uomini che lavorano sottoterra».

«Per esempio?» chiese Ci, distogliendo lo sguardo da

uno scheletro ignoto.
«Gli archeologi», rispose Lardo per lei. «Conoscete la storia di Lucy, il primo ominide?».
«Io conosco la storia di Lucy la lucertola», replicò Ci.
Rick ridacchiò.
«Si riferisce al primo esemplare di uomo primitivo ritrovato», spiegò Bill con calma. La sua voce faceva tremare pericolosamente le stalattiti di fango. «La chiamarono "Lucy" in onore della canzone che amavano ascoltare durante gli scavi».
«Be'», intervenne Ci. «Questo non mi fa cambiare idea; vivere qui dentro non è salutare».
«Di certo non per animali come voi», rispose Bulldozer. «Ma io ci sto bene».
«Questi luoghi possono essere utili solo per alcuni tipi di umani, dunque», mormorò Pallino. «Il resto non so se lo gradirebbe! Non ho mai visto un essere umano, uno solo che non si sia sentito male al solo pensiero di ritrovarsi senza le sue comodità e i suoi adorati dispositivi elettronici».
«Come te», commentò Neon.
«Io non ne ho di dispositivi elettronici!» ribatté Pallino urtato.
«Be', però volevi usare i soldi della tombola per acquistare dei mobili», disse la lucciola in tono lieve.
«Non vuol dire niente!» esclamò la cincia di rimando.
«A un uccellino possono servire dei mobili, come a qualunque altro essere sulla faccia della terra!».
«Ti abbiamo detto e ridetto», prese la parola Bill, «che non esistono mobili così piccoli da entrare nel tuo nido».
«Sì che esistono», rispose Pallino. «Voi dite di no solo perché siete degli ottusi ignoranti; io invece o visto

con i miei occhi mobili a misura di uccellino!».
«E dove?» chiese Rick in un soffio.
«In una pubblicità», rispose la cinciallegra con aria di superiorità. «Mostravano una graziosa casetta piena di mobili pregiati fatti apposta per noi piccoli volatili».
«Ma quella era una pubblicità per una casa di bambole», spiegò Neon. «Non puoi certo vivere lì dentro».
«Certo che posso!». esclamò Pallino.
Intanto, Ci si era fermato a osservare una tozza radice, che aveva trapassato la parete lasciando una vistosa crepa.
«Questo non risolve il nostro problema», sospirò Rick. «E non risponde alla mia domanda sul come abbiano fatto a vivere qui dentro».
«I partigiani si nascondevano qui per sfuggire alle truppe tedesche», rispose Bill, gettando occhiate distratte tutt'intorno. Gli ammassi di fango gli irritavano gli occhi, facendoli lacrimare. «Ci dovrebbe essere una leva che, in caso di emergenza, fa crollare la galleria chiudendone il passaggio».
«Questo radice sembra proprio una leva», disse Ci, ignorando le perle di saggezza elargite dal compagno nerd. «Chissà se...».
«Ci, non toccare...».
Troppo tardi. Bastò che le zampine del chihuahua sfiorassero leggermente il legno consumato, che la galleria prese a franare sotto i loro occhi atterriti.
«Scappate!» gridò Bill, afferrando Ci e scaraventandolo di peso fuori dalla galleria.
Il crollo fece cedere un pino che cresceva lungo il dorso del tunnel, alzando un polverone cosmico che parve risucchiare qualunque cosa.
«State tutti bene?» chiese Bill, tossendo e cercando di

diradare il fumo con le zampe.
«Io sì», disse Lardo. «Ma aspetta che metta le zampe addosso a quel maledetto...».
Ci saltò in braccio a Rick, rendendosi conto troppo tardi del disastro che aveva combinato.
«Non l'ho fatto apposta», si scusò il chihuahua, non appena riuscì a mettere a fuoco la faccia infuriata di Bill. «Non sapevo che quella fosse la leva, sembrava una radice».
«Adesso mi spieghi come faremo a tornare indietro?» gli chiese Bill con le zampe sui fianchi. «Temevo che portarti con noi sarebbe stato un grosso errore! Ho voluto darti una possibilità, ma è chiaro che ho clamorosamente fallito».
«Su, Bill calmati», lo difese Rick, dandogli una pacca sulla zampa. «Troveremo un altro modo».
«Nemmeno i tedeschi sono riusciti a trovare e a abbattere questo posto», disse Lardo con rabbia. «È sopravvissuto a terremoti, alluvioni, frane... ai figli di Bulldozer! Doveva arrivare Ci per distruggerla!».
«Che disastro!» commentò Pallino, osservando le macerie sconsolato.
«Sarete costretti a varcare il territorio dei tassi», fece Neon, scuotendo la testa.
«Be', Bulldozer potrebbe scavare una nuova galleria!» esclamò Pallino con ingenuità.
«Una nuova galleria, eh?» chiese la talpa, riemergendo da un cumulo di rocce. «Se anche mi mettessi al lavoro adesso, non mangiassi, non dormissi e lavorassi sena sosta con una dozzina di altri operai, ci vorrebbero più di tre mesi! Se il vostro obiettivo è recuperare scheletri di cincillà, mi metto subito all'opera!».

«Risparmia le forze», replicò Neon, scrollandosi terriccio di dosso e risplendendo nuovamente. Poi si rivolse al gruppo. «Detesto essere ambasciatore di cattive notizie, ma se non vi sbrigate non sarete di ritorno prima dell'alba!».

«Hai ragione», convenne Bill. «Non ha senso litigare. Ormai quello che è fatto è fatto. Gambe in spalla ragazzi, la fattoria di Nero è ancora lontana!».

«Non c'è un minuto da perdere», disse Pallino, alzandosi in volo.

«Ci, tu resterai accanto a me», fece Bill, afferrando il chihuahua con impeto. «Voi altri riprendete la postazione iniziale».

La luna scalò ancora la volta celeste raggiungendo quasi lo zenit e andò a illuminare con il suo pallido viso le facce stravolte della compagnia.

La fattoria di Nero denunciò la sua presenza tramite una piccola e fioca lucina che splendeva lontana come un faro nella tempesta. Fu Neon il primo a individuarla.

«Laggiù», gridò la lucciola, indicando un punto in lontananza. «Guardate, ci ha sentito».

«Nero», mormorò Bill.

In effetti, una figura massiccia e scura si era tirata su al fine di individuare gli intrusi.

«Nero», lo chiamò il cane, cercando di non alzare troppo la voce. «Sono io, Bill».

«Bill», fece il cane, non appena la compagnia si fu avvicinata alla staccionata protettiva. «Cosa ci fai qui?».

Gli animali superarono la staccionata ma ebbero serie difficoltà a distinguere ogni particolare circostante. Trovatosi all'aperto, Neon non riusciva a risplendere più come una lampada a olio.

«Ciao», Ci salutò il nuovo amico tendendogli una zampa. «Io mi chiamo Ci, piacere di conoscerti Nero». Il cane lo salutò con un cenno del capo. Era grosso la metà di Bill e il manto interamente nero lasciava spazio a una macchiolina color crema a forma di campana rovesciata che gli copriva metà della zampa sinistra. Vivendo in uno stato simile all'isolamento, non conosceva il chihuahua e quest'ultimo suscitò in lui le stesse perplessità che avevano colto Bill il primo giorno. Tuttavia decise di essere educato e di non esternarle troppo.
«Ehm, piacere di conoscerti, Ci», disse dunque Nero, prendendogli la zampa e sorridendogli nervosamente.
«Nero», esordì Bill. «Devi aiutarci. Per fortuna, stanotte ti hanno lasciato fuori».
«Il padrone non è in casa per una questione urgente e sua moglie, che ha paura di stare sola, mi ha voluto tenere fuori per fare la guardia», spiegò il cane in fretta. «Ma si può sapere che succede? Che ci fate qui?».
«È una storia un po' complicata», fece Rick in meno di un sussurro.
Nero si accigliò, fissandoli con aria interrogativa. In due minuti, Bill gli fece un riassunto della storia di Lazzaro e i traffici disumani del suo padrone
«Dobbiamo liberare i cincillà!» esclamò Lardo in tono spiccio.
«Cosa?» chiese Nero, strabuzzando gli occhi. «Ma è un'impresa suicida! Voi non sapete... ci ho provato anche io, ma loro non vogliono affatto fuggire!».
«Come?» chiese Ci, alzando di poco la voce. «Perché no?».
«La scorsa settimana», raccontò Nero, con un sospiro

talmente rassegnato e profondo da far cigolare le maglie della corda che lo tratteneva. «Mi sono avvicinato alla gabbia e ho parlato un po' con loro. Non intendono scappare. Si sono affezionati al padrone e credono che li allevi per il solo piacere di farlo. Non immaginano minimamente quali siano le sue vere intenzioni».

«Ma com'è possibile?» chiese Bill, sgranando gli occhi. «Andiamo, ma come si può essere così sprovveduti!».

«Il loro capo è una femmina di cincillà di nome Girasole» prese a narrare Nero. «È la loro nonna. Vivevano al Guado dell'Alce e sono qui da quasi tre mesi. È tradizione che i cincillà anziani si prendano cura dei loro nipoti. I suoi nipoti non fanno eccezione ed essendo giovani e inesperti, le obbediscono senza riserve. Girasole è una femmina di cincillà molto stimata nella comunità, perché si diceva riuscisse a leggere i cuori degli altri semplicemente guardandoli negli occhi. Lo scorso anno, però, ha perso il marito in circostanze tragiche e lo choc le ha seccato gli occhi, rendendola quasi cieca. Da allora fa affidamento solo sul suo istinto, ma questo le impedisce di vedere quanto perfido sia il mio padrone. Inoltre, il fatto che lui li tratti bene, dia loro cibo, acqua e riparo la confonde e le fa credere che sia l'uomo migliore del mondo».

«Ci penseremo noi a convincerla», rispose Lardo, con fare ribelle. «Capirà quanto malvagio possa essere il cuore di umani come quello, senza offesa Nero».

«Figurati», replicò Nero sconsolato. «Ma non è nemmeno l'unico dei problemi. Dovete sapere che ne è gelosissimo e qualunque tentativo di fuga viene stroncato sul nascere».

«In che modo?» chiese Lardo pensieroso.
«Be', vedete, ha applicato un sistema di allarme. Se qualcuno prova ad avvicinarsi anche solo di mezzo centimetro alla gabbia, si attiva un antifurto magistrale, udibile a venti chilometri di distanza, direttamente collegato con la centrale di polizia».
«Vorrei che la polizia giungesse qui per davvero», borbottò Pallino. «Voglio proprio vedere come reagirebbero, vedendo degli animali indifesi intrappolati in una gabbia grande appena un metro, destinati a morire in modo stupido e inutile».
«Non gli farebbe nulla», replicò Rick. «Hai sentito Lazzaro; è assolutamente legale».
«Socrate lo diceva sempre», mormorò Bill fra sé. «Le leggi create da persone crudeli e avide di denaro, gioveranno solo a persone crudeli e avide di denaro. Il resto si ritroverà a cibarsi del loro stesso cuore».
«Per l'allarme non preoccuparti», disse Lardo con aria di superiorità. «In vita mia, ho sabotato tanti di quei congegni meccanici; non vedo perché stavolta dovrebbe essere differente. Il problema sarà farli ragionare e uscire senza che nessuno ci senta!».
«Ci pensiamo noi!» esclamò Neon, accennando a Ci e Pallino. «Il nostro aiuto sarà prezioso».
«Buona idea», approvò il chihuahua. «Sono sicuro che saranno più ricettivi nei nostri confronti».
«Siamo piccoli», convenne Pallino. «Li metteremo poco in soggezione».
Bill fece per dire qualcosa, ma Nero lo interruppe.
«Lasciali provare», gli bisbigliò a un orecchio. «Qualcosa mi dice che sono piuttosto adeguati per un compito simile».
«Se lo dici tu», sospirò Bill, per niente convinto e

preoccupato per potenziali disastri. Si scrollò il pelo, ancora pregno della polvere alzatasi dal crollo della galleria. Poi si rivolse ai tre: «Mi raccomando, niente guai! Contiamo su di voi».
«Tranquillo capo», disse Pallino con un sorriso.
«Ti dimostreremo che hai fatto bene a portarci con te».
Come al solito il chihuahua si era lasciato andare a inappropriate ed entusiastiche aspettative.

GIRASOLE, IL CINCILLÀ DELLA SPERANZA

Sebbene la catena fedifraga premettesse a Nero di avvicinarsi a malapena alla soglia della cantina, non gli impedì di aprirne la porta. Dopo maldestri tentativi, Pallino riuscì a scovare l'interruttore, nascosto sotto il manico di un forcone e un'alta fascina che illuminò la stanza grazie a una luce giallastra recuperata forse da qualche struttura ospedaliera.
«Non è affatto una buona idea», osservò Lardo, dando un'occhiata in giro. «Questo posto è più luminoso di un'insegna al neon... senza offesa amico».
«Figurati», replicò Neon che, distratto com'era dall'ambiente circostante, aveva a stento afferrato il senso della frase pronunciata da Lardo.
«Ti assicuro che non saprà mai...», provò a giustificarsi Nero.
«Stiamo rubando», gli spiegò il gatto. «È per una buona causa ma è pur sempre un furto, dare nell'occhio così va contro ogni principio del "Manuale per Gatti Lesti"».
«Hai letto il libro?» chiese Rick stupito.
«Certo», replicò Lardo, sogghignando. «Da dove credi che provenga la mia speditezza nel creare mappe, assemblare armi e rendere innocui gli allarmi?».
«Tempo libero ben speso, allora», osservò Nero. Poi indicò l'antifurto, che segnalava la sua presenza grazie a un grosso bottone a forma di stella.
«Un gioco da ragazzi», sospirò Lardo con aria di sussiego e, issandosi su una delle travi che componevano il soffitto, si diresse con grazia circense dal suo meccanico nemico.
«Basterà disattivare il filo blu», disse il gatto, smon-

tando agilmente l'involucro stellato celante un groviglio di cavi dall'aria severa. Tirò fuori dalla cintura che gli comprimeva il ventre una pinza dai manici giallastri, prendendo a tagliuzzare come un giardiniere esperto.
«Ecco fatto!» esclamò allegramente, discendendo con un salto. «Ora possiamo procedere tranquillamente».
«Mamma mia», disse Rick in un soffio. «Ho avuto paura che i cavi gli scoppiassero in faccia».
«Non dirlo a me», replicò Pallino. «Vederlo maneggiare quei fili ad alta tensione, con quell'espressione svagata in viso, mi ha fatto accapponare la pelle. Però, astuto l'allevatore. Il suo allarme dall'aspetto così innocuo ha tratto in inganno anche la mia vista "Capta draghi"!».
Bill gli scoccò un'occhiata truce, rimproverandolo così per il suo inutile lodarsi. Come nel caso di Ci, non ci si abituava mai alle bizzarrie di Pallino.
«Sei veramente in gamba», lo lodò Nero. «Non avevo mai visto qualcuno destreggiarsi in modo così perfetto con l'elettricità. Perfino il nostro tecnico di fiducia ha avuto qualche problema durante il collegamento dei cavi».
«Gli umani credono sempre di essere i migliori», disse il gatto, alzando le spalle. «Molto spesso si sbagliano e...».
«Chi è entrato?» chiese una vocetta contrariata, proveniente dall'angolo più buio della cantina. «Chi c'è?».
Bill alzò lo sguardo, cercando di individuare il proprietario della voce.
«Si sono svegliati», disse Nero in un soffio. Poi proseguì alzando la voce: «Non temere, Girasole, sono io».

«Nero?» gli fece eco Girasole.
«Ho portato degli amici», rispose il cane allegramente.
«Mandali via», gli ordinò. «Non vogliamo visite!».
«I cincillà», mormorò Lardo, con la testa piegata da un lato.
Nero annuì e, ignorando le proteste, indicò l'angolo più buio della cantina che fu raggiunto da Bill e gli altri.
Lazzaro aveva detto la verità. Stipati in una gabbia lunga diversi metri, vi erano una cinquantina di cincillà. Simili a un morbido e vibrante cuscino ambulante, si appiattirono sul pavimento appiccicoso, spaventati com'erano dai nuovi arrivati.
«Ah, quindi è così che sono fatti i cincillà», disse Ci, posando le zampette sulle sbarre. Una cincillà alta e magra, strinse a sé alcuni piccoli, fissando terrorizzata l'amichevole cagnolino. «Come sono simpatici...».
«Chi siete?» chiese il cincillà chiamato Girasole. Come Nero aveva loro spiegato, si trattava di una cincillà piuttosto in là con gli anni e dai pallidi occhi, che sebbene arsi, non avevano ancora perso la luce battagliera, che li aveva caratterizzati un tempo. Si strinse in quello che sembrava uno scialletto logoro, fermato sotto il mento da una spilla a forma di girasole. Li fissò socchiudendo gli occhi, che aiutati dall'abbagliante luce, riuscivano fiocamente a distinguere il mondo che gli si presentava.
«Non temere», provò a rassicurarla Bill. «Siamo amici di Nero. Siamo qui per liberarvi e impedire che diventiate una sciarpa».
«Liberarci?» replicò sprezzante Girasole. «Mi dispiace, ma preferiamo restare».

«Giusto!» approvarono un paio di cincillà, alzando di poco la voce per sovrastare gli squittii atterriti dei loro compagni.
«Siamo al sicuro, ci viene dato da mangiare tre volte al giorno e l'aspiratore combatte egregiamente ogni tipo di virus», esordì un cincillà dal viso butterato. «Un sacco di altri animali ringrazierebbero la loro buona stella, per un luogo come questo».
«Le stelle le vedrete presto se non ve la date a gambe immediatamente», replicò Neon caustico. «Quell'uomo è l'essere più malvagio e infido che si possa incontrare. Vi state scavando la tomba da soli persistendo con questa cocciutaggine e ottusità!».
«Non ti permetto di parlare del nostro allevatore a quel modo», lo redarguì un'offesa Girasole. «È un uomo d'onore, che ama gli animali più di se stesso. Per quale altro motivo dovrebbe tenerci qui e spendere i suoi ultimi risparmi per nutrirci e tenerci al sicuro?».
«Se fosse così buono come dici, non vi avrebbe certo messi in gabbia!» bofonchiò Rick.
«Non sono affari tuoi», lo rimproverò Girasole.
Bill emise un profondo sospiro. Erano partiti da meno di un'ora e messo a repentaglio la loro vita fin da subito. Cercare di ragionare con quegli animali così testardi, gli avrebbe fatto sprecare una quantità incalcolabile di energia.
«Girasole, non essere ingenua», intervenne Nero dalla soglia. «Ne ho visti a centinaia di animali come voi andar via di qui per non farvi più ritorno. Lo sai tu come lo so io; degli uomini come il mio padrone non ci si può fidare. L'unica cosa che gli interessa è il vostro morbido pelo. Insomma, pensa a ciò che

hanno fatto a Mike!».
Il cincillà lo squadrò arricciando il naso, tastandosi nervosamente la spilla.
«Mio marito non ha nulla a che fare con tutto questo!» rispose Girasole stizzita.
«Abbiamo conosciuto una volpe», esordì Bill. Lo sguardo della vecchina si posò su di lui. Il Guado dell'Alce si trovava un po' fuorimano, quindi non era a conoscenza delle leggende circolanti sul conto del cane. Arretrò comunque di qualche passo, mantenendo però l'espressione indignata. Nero non aveva mentito. Si erano affezionati davvero a quel mostro del loro allevatore.
«Si chiama... be' lo abbiamo chiamato Lazzaro», fece il cane. «Il tuo padrone lo aveva catturato assieme ad altri suoi simili. Se non fosse riuscito a fuggire, a quest'ora sarebbe diventato una stola!».
«Ma non farmi ridere», replicò il vecchio cincillà, con voce roca. «Smettetela di menarla con questa storia del mostro che cattura gli animali per scuoiarli e ricavarci degli abiti. Siete ridicoli, ridicoli, a dire poco. Le pellicce si usavano ai tempi di Adamo ed Eva. Non so se ve ne siete accorti, ma siamo nel Terzo Millennio».
«Non se te ne sei accorta», le fece il verso Lardo. «Ma abbiamo scoperto che si usano ancora!».
«Ma va là!», esclamò Girasole. «Scommetto che questo Lazzaro non esiste neppure. Qui di volpi non ce ne sono mai state».
«Le tenevano nel pagliaio», intervenne Nero. «Te l'ho già detto milioni di volte».
«Tu sei in combutta con loro», lo accusò il vecchio cincillà. «Il vostro scopo è chiaro come il sole. Volete

liberarci per poi darci la caccia. Ma io non sono nata ieri e non mi faccio certo incantare!».
«Che caratterino!» esclamò Rick sottovoce. «È peggio di Eowyn di Rohan!».
«Se fosse questo il nostro piano», la rimbeccò Bill. «A quest'ora vi avrei già digerito! Penso che tu te ne renda conto da sola!».
«Non dovete preoccuparvi», li rassicurò Pallino. Si avvicinò alla gabbia, esibendo la sua espressione più semplice e inoffensiva. «Siamo bravi animali e vogliamo solo il vostro bene».
«Come no!» replicò nuovamente Girasole. «Sono io alla guida del branco e la mia risposta è no».
«Andiamo, Girasole», provò a convincerla Nero. «Garantisco io!».
«No, no e no», rispose il vecchio cincillà con fare bisbetico.
«Non essere sciocca».
«Ho detto di no».
«Che bella quella spilla», le disse Ci. «Dove l'hai presa?».
Girasole volse lo sguardo verso il chihuahua, di cui sembrava essersi accorta solo in quel momento. Ammiccò lentamente e gli si avvicinò, annusandolo.
«Tu chi sei?» lo apostrofò con fare sospettoso. «Punchingball? Il cane del circo "Trapezisti con le pezze?"».
«No, io mi chiamo Ci», rispose il cagnolino allegramente. «E devo dirti che in vita mia non avevo mai visto un cincillà bello come te».
Bill soffocò una risata. Sarebbe stato più corretto dire che non aveva mai visto alcun cincillà, ma forse stava mettendo in pratica chissà quale assurdo

piano al fine di convincerli a uscire.
Tuttavia, Girasole non era sensibile agli adulatori.
«Ci hai provato, ragazzino», replicò infatti il cincillà con un sospiro. «E, detto in tutta onestà, saresti stato un po' più credibile se avessi lodato qualcos'altro invece del mio aspetto fisico».
«Non fraintendermi», replicò il chihuahua per farsi perdonare. Bill gli scoccò un'occhiata fra la commiserazione e lo stupore; Ci era bravo a mentire tanto quanto lui era ferrato sulla biografia di Coco Chanel. «Non era mia intenzione passare per uno spregevole leccapiedi».
«Be', allora dovresti farti dare una controllata alla retina», replicò prontamente il vecchio cincillà. «Non credo che la tua vista sia poi così ottimale, sai? E se te lo dice una come me, stai fresco».
«Non essere modesta», replicò Ci. «Per essere animali che vivono in una gabbia, senza poter godere di un trattamento estetico, avete un aspetto splendido!».
L'intera gabbia fu attraversata da mormorii leggermente compiaciuti.
«Be' se la metti così, allora ti ringrazio tanto», disse Girasole, addolcendosi un pochino.
Bill fu sul punto di asciugarsi il sudore dalla fronte. Per una volta, Ci era scampato alla sua innata capacità nel fare figuracce. Il suo cervello sembrava aver recuperato un po' di vigore.
«Solo che...».
«Solo che?» lo incoraggiò il cincillà.
Il chihuahua abbassò lo sguardo.
«Vede, signora Girasole», prese a discorrere Ci. «A me piace molto la moda, adoro i vestiti, soprattutto quando sono colorati e pieni di accessori. È una

passione che mi ha trasmesso la mia mamma. Lei non c'è più e soffro moltissimo la sua mancanza; indossare gli abiti è il modo migliore che ho trovato per averla accanto ogni giorno. E credo che essi debbano donare gioia e felicità a chi li indossa e anche a chi li fabbrica. Non dovrebbero essere intrisi di sangue e sofferenza».
Bill sgranò gli occhi. Il cagnolino aveva finalmente dato una risposta sul perché si conciasse in quel modo così stupido; inizialmente, pensò che fosse un modo per arricchire la sua strategia persuasiva; ma vista la commozione negli occhi del chihuahua, il cagnone fu costretto a ricredersi. Se si vestiva così per onorare la memoria di sua madre, non c'era nessun problema. Da parte sua, Bill aveva sempre disprezzato gli umani che usano gli animali come giocattoli, riempiendoli di lustrini e paillette, costringerli a viaggiare dentro borsette microscopiche; tanto per precisare, se il padrone si fosse avvicinato a lui con una giacca e un ridicolo paio di pantaloni, non ci avrebbe pensato due volte a staccargli una mano.
«Ma chi ha mai parlato di vestiti intrisi di sangue e sofferenza!» esclamò il cincillà, in un soffio. Nuovamente, cercò con le sottili zampe la spilla floreale. «Vestiti colorati, non mi pare proprio».
«Questi non sono i vestiti che uso di solito», si giustificò il chihuahua. «È la mia tenuta da *Mission Impossible.* Guardi, però, cosa succede se premo qui».
E, prima che qualcuno potesse registrare ciò che stava accadendo, Ci schiacciò un minuscolo pulsante che teneva nascosto sotto gli strati di stoffa; la colonna sonora del film sopracitato si diffuse

spaventosamente nell'aria.
Bill gli fu addosso prima ancora di rendersi conto di aver clamorosamente fallito nel pensare che stesse rinsavendo.
«Sei pazzo?» ringhiò, prendendolo per la collottola e quasi distruggendo il dispositivo sonoro.
«Vuoi farci scoprire?».
«Ci, dannatissimo te», lo ammonì Lardo, soffiando irritato.
«Che c'è?» si difese il cagnolino con voce querula. «Ho solo fatto una semplice dimostrazione delle amenità che porto sempre con me».
«Altro che amenità!» esclamò Pallino. «Per poco non ci fai uccidere e adesso... bah, lasciamo perdere».
Neon ridacchiò.
«Devo ammetterlo», disse Girasole per niente sconvolta e con un mezzo sorriso. «Sei un tipo davvero particolare».
«Grazie, signora», replicò il cane, una volta liberatosi dalla presa di Bill.
«Anche a me piacciono molto i vestiti», intervenne un cincillà alto e molto magro. I cincillà più giovani stavano mettendo da parte l'espressione terrificata che li caratterizzava, acquisendo maggior fiducia. Pallide ombre macilente, infatti, osarono avanzare verso il bordo della gabbia, per osservare più attentamente quell'ardito gruppo di visitatori.
«Oh, Stewart», sospirò Girasole con un sorriso. «Ti ho già detto mille volte che non ci sarà mai uno stilista così fuori di testa da realizzare abiti per noi cincillà. Fattene una ragione!».
«E perché no?» intervenne Ci. «Se vengono prodotti abiti per noi cani, non vedo perché non dovrebbero

esistere case di moda che si occupano di cincillà».
«Hai ragione!» convenne Stewart allegramente. «Tu hai molti vestiti?».
«Sì», rispose il chihuahua, illuminandosi.
«Come ho già detto, ho la passione dei vestiti sin da piccolo», spiegò Ci, senza che nessuno gli facesse notare, che non aveva subito cambiamenti così radicali da allora. «I miei preferiti sono il completo da Indiana Jones, il vestito da Zucca che userò ad Halloween e di recente me ne hanno regalato uno da Unicorno».
«Da Unicorno?» chiese una cincillà grassottella, con gli occhi fuori dalle orbite. «Oh, quanto mi piacerebbe poterlo vedere».
«Se uscirai di qui», le rispose cordialmente il chihuahua. «Posso invitarti a casa mia; ti mostrerò i miei abiti e ti potrò prendere le misure per cucirti un vestito. Ho visto alcuni video che spiegano come fare e sto diventando un discreto sarto».
Girasole lo osservò con fare compiaciuto.
«Discreto, lo vedremo, ma sicuramente sei un sarto cocciuto», mormorò il cincillà.
«Esattamente come lei, signora Girasole», rispose Ci in un soffio.
«Io magari sono ancora un po' gracile, ma i miei compagni sono forti e audaci. Bill, soprattutto, è un cane estremamente coraggioso che non esita a rischiare la vita per i suoi amici e la sicurezza degli animali. Mi ha aiutato tantissime volte e sebbene sia sporco, poco signorile e pacchiano, si può sempre contare su di lui».
«Non c'era bisogno di questa sviolinata», fece finta di rimproverarlo il sopracitato cane, mentre Lardo si

esibiva in teatrali sbattimenti di ciglia e finti bacetti. Tuttavia, per quanto goffo fosse stato, l'approccio di Ci aveva avuto come effetto quello di renderla meno irritabile. E con lei i suoi nipoti.

«Cercavo solo di farti fare bella figura», si scusò il cagnolino.

«Ci, tu dovresti capirmi meglio di chiunque altro», replicò il vecchio cincillà, ora più fiducioso. «Il nostro padrone ci vuole bene e noi ne vogliamo a lui».

«Se conoscessi Lazzaro e la sua storia, non la penseresti così», le rispose Ci. «E poi conoscerai il nostro dogma: *"Trattali con amore, ma non divenirne lo schiavo"*. Fosse anche che vi allevi per il solo piacere di farlo, la libertà ha un prezzo troppo elevato perché possa essere comprata».

«Ma qui siamo al sicuro», replicò un possente cincillà.

«Certo», ribatté Lardo, contagiato dalle parole di Ci. «Ma non c'è nulla al mondo che valga più di essere liberi, di sentire il sole sul musetto, il vento fra il manto e la bellezza della natura. E il vostro padrone, privandovi di tutto questo, vi sta rendendo schiavi».

«Credo nel dogma», replicò Girasole. «Ma non ho avuto una vita facile; ho visto mia madre venire divorata, mio padre morire per fame e i miei fratelli soccombere per il dolore. Come se non bastasse, anche mio marito mi venne sottratto. Dopo tutti i dolori, i lutti e le privazioni al quale sono andata incontro nella mia vita, posso solo sperare che quella dei miei nipoti sia migliore. E il nostro padrone sembra aver reso possibile questo mio desiderio».

«Un desiderio dettato dalla paura», commentò Rick, poi indicò il resto del gruppo. «I tuoi nipoti meritano di meglio che un destino di schiavitù. E poi la tua

vista starà anche scomparendo, ma il tuo istinto non può ingannarti».
«Il mio istinto mi porta a fidarmi di lui», mormorò la nonnina. «Il mio compito è quello di proteggere i miei nipoti, anche a costo di sembrare una vigliacca».
«E non di noi, che siamo animali come te?» chiese Bill. «Il tuo cuore conosce la verità, ma deve fare i conti con il tuo timore e il tuo orgoglio. Lo sai tu, come lo so io. Non ti conosco ancora bene, ma visto quello che hai passato, sei saggia abbastanza da sapere che quando un animale si sente minacciato perde la sua capacità di giudizio, che lo confonde e gli impedisce di ascoltare la voce del cuore».
Girasole lo fissò e Bill ricambiò il suo guardo. Lo sguardo che solo due capibranco, da due fronti contrapposti, sanno lanciarsi l'un l'altro. In quegli occhi opachi e stanchi, Bill lesse un frammento di cedimento, semisepolto da uno spesso strato di paura e diffidenza.
«Il mio cuore batte più lentamente da quando ho perso mio marito», disse il cincillà. «E ora riesco a fidarmi solo di ciò che ved*o*. Vorrei riuscirci, però, vorrei riuscirci».
«Se vuoi, puoi», intervenne Ci, che in quanto filosofia romantica, sembrava essere esperto quasi quanto della biografia di Versace. «Ricarica il tuo cuore, tuo marito sarebbe fiero di te, se portassi in salvo i vostri nipoti e li facessi vivere in libertà, lo sai che è così».
«Per secoli, noi animali siamo stati accanto all'uomo», rincarò Lardo. «Ma con lui abbiamo ricevuto spesso solo dolore e crudeltà. Abbiamo sopportato la sua cattiveria e il suo atteggiamento volubile e sciocco, sperando che potesse cambiare e trattarci con

l'amore e il rispetto che meritiamo. Ignatius Raicis ha poi provato a risvegliare le coscienze, introducendo il dogma inciso sull'Albero della Luce. Noi animali lo rispettiamo e se credi nella legge come hai detto, allora è tuo dovere fidarti di noi e garantire ai tuoi nipoti, che ti adorano, visto come ti ubbidiscono dando retta alle tue convinzioni, la libertà e l'amore che gli spettano di diritto».
«Le vostre parole sono sagge», disse Girasole. «Ma...».
«Niente ma», intervenne Nero, scuotendo le catene, come a enfatizzare le sue parole. «Guarda come vivo. Mi sono sgolato nel chiederti se secondo te, questo è il modo di trattare un animale. La schiavitù non è mai un bene, mia cara, anche se travestita da fonte di felicità».
«Mi piacerebbe che vedessi il cielo», soggiunse Pallino. «Che tu e i tuoi nipoti possiate correre di nuovo verso il sole».
A queste parole, l'anziano cincillà strinse nuovamente la spilla attorno alle esili zampe. Bill fu sul punto di tirare fuori qualche altra frase di incoraggiamento, quando tutto a un tratto la sua mente fu attraversata da un'idea geniale. Si rivolse dunque a Girasole. «Ho una proposta da farti».
«Mmmm», fece Girasole pensierosa. «Sentiamo».
«Lazzaro si trova ancora nella nostra fattoria», esordì Bill. «Vi scorteremo lì e lui vi racconterà la sua storia. Lui riuscirà a convincerti di essere veramente stato qui e che la storia delle pellicce è vera. In caso contrario, vi riporteremo indietro, ci stai?».
«Sei impazzito?» chiese Lardo con gli occhi fuori dalle orbite. «Non asseconderai mica la loro cocciutaggine?».

«Se è ciò che occorre, Lardo».
«Giusto!», esclamò Neon, che aveva appena finito di asciugarsi gli occhi. Anche lui aveva perso la madre da piccolo e sentire storie come quella raccontata da Ci, lo aveva emozionato oltremisura, tanto da fargli quasi ignorare i discorsi sulla libertà enunciati dagli altri.
«Il padrone starà via tre giorni», disse Nero. «C'è tutto il tempo per andare e venire senza che se ne accorga».
«Io trovo che sia un'idea meravigliosa», fece Rick. Poi guardò la vecchia cincillà negli occhi: «Cosa rispondi?».
Girasole sospirò profondamente. Posò i secchi occhi su ciascun membro del gruppo e, come in trance, tese le orecchie, come se dovesse ascoltare qualcuno che parlava in lontananza. Rimase in silenzio per due minuti buoni, ma nessuno parve capire cosa stesse pensando. A Bill parve vedere la sua spilla brillare, ma non poté approfondire, poiché l'animale si voltò verso il resto del gruppo. Involontariamente si schiarì la gola, come Bill aveva fatto alcune ore prima.
«Figli miei», esordì. «Per le mie, seppur limitate, possibilità ho sempre cercato di proteggervi e difendervi dalle minaccie e dai pericoli. Non sono riuscita a difendervi come volevo. Arrivati qui, però, iniziai a fidarmi del nostro sequestratore, vista la bontà con la quale siamo stati trattati. E seppur stimandolo, non posso fare a meno di fidarmi della parola di questi nostri nuovi amici».
Ci si girò verso Bill e gli sorrise trionfante.
«Ma nonna», intervenne un cincillà dalla pelliccia

scura. «Sei proprio sicura che non sia meglio restare qui? Fidarsi è bene, non fidarsi è meglio; è il tuo motto!».
«Non li conosciamo neppure!» esclamò un cincillà dai grandi occhi chiari. «Abbiamo parlato poco con loro, è presto per concedere loro così tanta fiducia».
«Sì», rispose Girasole. «Fidarsi è bene, non fidarsi è meglio. Ma i loro cuori sembrano puri, vostro nonno me lo sussurra e se all'inizio non mi fidavo, ora oso giudicare in maniera differente. E spero che la mia esperienza, maturata grazie all'età, non mi tradisca e anzi, mi aiuti ancora una volta a vedere chiaramente ciò che si cela nelle anime degli animali. Questo mio istinto così ancestrale, che si annida nel mio cuore, dopo che ho perduto la capacità di vedere alla perfezione come un tempo, mi sta dicendo di confidare in loro. Io sono vecchia, ma voi avete tutta la vita davanti. Magari questa mia decisione è un po' frettolosa, questo sì, ma se la loro storia è veritiera, la mia vecchiaia, e soprattutto il mio istinto di nonna, mi consiglia di provare».
«E comunque vada, tornereste sani e salvi dal vostro carc... voglio dire, padrone», completò Rick.
Mormorii di approvazione serpeggiarono per la gabbia, inframmezzati da mormorii perplessi. Tuttavia, la prospettiva di ritornare ai verdi prati che li avevano accolti un tempo, sembrava guadagnare qualche punto sull'incertezza.
«Hai la mia parola d'onore», le disse Bill con fierezza.
La vecchina scrutò a lungo il suo sguardo, per poi annuire con un cenno secco della testa.
«Sei decisa?» le chiese Nero.
Lardo scosse la testa. Se vi erano dei cincillà un po'

perplessi sul rapido cambiamento della nonna, il gatto condivideva questa riluttanza per il piano di Bill.
«Tranquilli», intervenne Pallino. «Non ci sono draghi, ho controllato il percorso personalmente»,
Girasole sbatté le palpebre perplessa.
«Signori» concluse il vecchio cincillà, ignorando elegantemente il commento della cinciallegra. «Si dia inizio alle danze!».

INGOIA IL ROSPO E BACIAMI!

Lardo incontrò qualche difficoltà nell'aprire la porta della gabbia.
«Non ci posso credere!» protestò Bill irritato, mentre osservava i vani tentativi di forzatura del felino. «Hai disattivato quell'allarme in cinque minuti e non riesci ad aprire lo sportello di questa gabbietta insignificante?».
«Credo di aver un blocco psicologico. Ho una strana sensazione. Non sono del tutto convinto della proposta che hai fatto a Girasole, ma non credo si tratti di questo. O meglio, non solo di questo», mormorò il gatto. «Il mio cervello si sta rifiutando di funzionare. E quando il mio cervello si rifiuta di funzionare, è perché ciò che sto facendo è stupido».
«Vorrei ricordati che stai partecipando a questa missione di tua spontanea volontà», obiettò Neon, che piroettava luce a tre centimetri dal lucchetto, sfidando la lampadina accecante.
Lardo sospirò. Poi, come rassegnato, posò le zampe sul bordo della gabbia.
«Si può sapere che ti prende?» chiese Pallino, spazientito dalla lentezza del gatto.
Lardo rimase immobile per tre minuti buoni, fissando il pavimento come pietrificato.
«Che diavolo...?» iniziò a dire Rick.
«Ci sono!» esclamò Lardo trionfante, voltandosi verso i compagni. «So perché mi riesce difficile».
«Ovvero?» chiese Bill. «Hai i crampi ai neuroni?».
«Vi sembrerà strano», esordì il micio, accarezzandosi le vibrisse e ignorando la battuta di Bill. «Ma ho a cuore la felicità dei miei amici e vicini».

«In parte sono d'accordo con te», rispose Bill con la testa piegata da un lato. «E abbiamo troppa fretta per l'altra... continua pure».
«Grazie», replicò il gatto, con una mezza reverenza. Poi si voltò verso Nero.
«Abbiamo un problema», gli disse con gravità.
«Sì, lo so», rispose il cane, come se stesse cercando di spiegare a un perfetto imbecille che gli asini non volano. «Non sarò coraggioso come Bill, intelligente come te o intraprendente come i tuoi amici, ma fin qui ci ero arrivato».
«No», replicò Lardo, scuotendo violentemente la testa. «Vedi, non riesco ad aprire la serratura, perché ho paura che non sia una buona idea».
«Spiegati meglio», lo spronò Rick, accigliandosi.
«Ecco», iniziò a dire. «Aprire la serratura potrebbe far pensare a dei ladri. Il contadino potrebbe pensare che dei malviventi si siano introdotti qui nottetempo e che abbiamo fatto man bassa dei suoi preziosi cincillà».
«Be'», fece Nero. «L'hai detto anche tu che questo altro non è che un furto a regola d'arte».
«Ma potrebbe prendersela con te», disse il gatto. «Potrebbe rimproverarti aspramente per non aver difeso la sua cantina come avresti dovuto. In tutta onestà, viste le nefandezze delle quali si fa porta-bandiera, non mi sembra il tipo al quale faccia piacere avere cane così inetto da non riuscire a mettere in fuga dei volgari ladruncoli».
«Quindi cosa suggerisci di fare?» chiese Ci, giungendo le zampe.
«Se non vogliamo che Nero abbia dei guai con il suo padrone», spiegò Lardo. «E per guai intendo guai seri,

propongo di risistemare l'allarme e aprire un piccolo varco su uno degli spigoli. In questo modo, penserà a una semplice fuga, ottenuta rosicchiando le sbarre. E, visto che Nero per stanotte dorme fuori, non sarà accusato di nulla, meno che mai di favoreggiamento. O almeno non così aspramente come nel caso di furto».

«Vuoi allentare le sbarre con le pinze?» chiese Bill.

«Ovviamente no», fece il gatto, fissando i cincillà con un ghigno. «Ci aiuteranno loro».

«Nessun problema», annunciò Girasole, in tono squillante. Si voltò verso il fondo della cella. «William, fai contenta la nonna e mettiti a lavoro!».

«Ci penso io!» esclamò un piccolo ma forzuto cincillà, facendosi avanti. Aveva i denti leggermente più grandi del normale e piuttosto affilati. In meno di dieci minuti, riuscì ad aprire un passaggio tra la rete a maglie, grande abbastanza perché un essere di piccole dimensioni riuscisse a uscire senza graffiarsi.

«Wow», disse Neon ammirato. «Spero di mantenere i contatti. Avere un amico in grado di sbranare qualunque cosa è sempre utile».

«Puoi contarci», rispose William con un inchino.

Neon sorrise.

Bill, contento della buona riuscita dell'operazione, chiese: «Abbiamo bisogno di qualcuno che faccia da palo, volontari?».

«Io», fece Ci, saltellando. Uscì fuori dalla cantina e si piantò sulle zampe anteriori dritto e impettito come appena pietrificato.

«Ma che stai facendo?» chiese Bill, mentre Lardo e gli altri aiutavano Girasole e i suoi nipoti a uscire dalla cantina.

«Il palo», rispose il cagnolino, come in preda a una paresi mascellare. «Perché, non va bene?».
Bill sospirò sonoramente.
«Rick», fece il cane sfinito, con un cenno del mento. «Ti prego».
Il riccio annuì e si avvicinò a Ci.
«Fare il palo», prese a spiegare il riccio, «non significa imitare un lampione, ma assicurarsi che nessuno ci scopra. Non appena si vedono dei movimenti sospetti si avvertono i propri compagni».
«Pensa un po'», mormorò il cagnolino. «A saperlo prima».
Lardo ridacchiò scuotendo la testa. Riagganciò correttamente i cavi dell'allarme sabotato e vi riposizionò la stella di plastica occultatrice.
Non appena l'ultimo dei cincillà ebbe varcato la soglia del garage, Nero chiuse delicatamente la porta della cantina. La gioia dei piccoli prigionieri era così intensa da poter essere inscatolata e venduta a prezzo astronomico.
«Oh», sospirò Girasole, una volta trovatasi all'aria aperta. «Avevo dimenticato quanto fosse bello il chiaro di luna».
«Meraviglioso», convenne una cincillà magrolina, stiracchiandosi. «Quasi non ricordavo più che forma avessero le stelle».
«Eh, già», convenne un altro, saltellando gioioso. «Non pensavo di poter rivedere una notte come questa».
«Il nostro padrone ci dava da mangiare, da bere e ci teneva al caldo», sospirò un cincillà dai lunghi baffi. «Ma il sapore della libertà non è comparabile a nient'altro».

«Hai ragione, George», replicò Girasole. «Quasi mi dispiace rientrare. Se questo Lazzaro non esiste, non credo ci ricapiterà di osservare la luna e la campagna illuminata d'argento. Prendiamola come una passeggiata».
Rick le scoccò un'occhiata leggermente truce.
«Calma, calma», disse Bill, cercando di sedare i brusii entusiasti. «Abbiamo ancora molta strada prima di raggiungere la fattoria».
Lardo, che aveva appena dispiegato la mappa sul terreno per poter ricalcolare il percorso, si sentì battere su una spalla.
«Grazie mille, amico», disse Nero, tendendogli una zampa che il gatto tenne stretta. «Se non fosse stato per te, questi poveri animali...be'».
«Non devi ringraziare solo me» replicò Lardo con autentica modestia, in perfetto tono con la serietà che lo caratterizzava sin dalla comparsa di Lazzaro. «Siamo una squadra e... il gioco di squadra è sempre una carta vincente».
«Sicuro», intervenne Bill.
«Questo potrebbe essere il principio di una rivoluzionaria alleanza fra cani e gatti?» chiese Nero speranzoso.
«Non lo so», rispose Lardo. «Ma chissà...».
«Grazie anche a te, Nero», gli disse Bill, con un cenno del capo. «Spero che il piano di Lardo funzioni e che il tuo padrone non sospetti di nulla. E, soprattutto che Lazzaro riesca a convincerli».
Il cane li fissò con gli occhi lucidi; posò una zampa sul dorso di Bill.
«Vi prego», mormorò esitante. «Salvateli. Riuscendo a salvare loro, salverete anche me».

«Non preoccuparti», lo incoraggiò Bill con gli occhi. «Vedrai che questa storia avrà un finale felice».
E così dicendo, dopo che Nero li ebbe salutati e impartito su di loro una specie di benedizione usata dai cani per propiziare i viaggi, si ritirò nella cuccia sgangherata, osservando il gruppo ripartire alla volta della fattoria.
«Non credo di potervi guidare oltre», osservò Neon, fissando lo sterminato campo di mele che si estendeva poco più avanti. «Oltre il ponte vivono i pipistrelli. In questa periodo sono numerosi e molto aggressivi; preferisco non rischiare».
«Ti capisco», replicò Bill annuendo. «Ma non preoccuparti, ce la caveremo...».
«Come?» chiese Girasole confusa. «Ma la galleria? Non possiamo usarla?».
«Non più», replicò il cane, fissando Ci accigliato. «Perché qualcuno l'ha fatta crollare!».
«Crollare?» gli fece eco Girasole. Poi si voltò verso il chihuahua. «Benedetto giovanotto... hai fatto crollare la galleria? Ma lo sai che era stata progettata per resistere a dieci bombardamenti?».
«Sì, ma non a Ci», replicò Lardo in fretta.
«Non è colpa mia», si difese il chihuahua nuovamente. «Non sapevo che quella radice fosse una leva».
Bill scosse la testa e si voltò verso il campo, oltre il quale si trovava il Ponte Smeraldo. Se volevano tornare a casa, non vi era altra via.
Neon si congedò dagli amici, mentre Lardo prese a studiare nuovamente la mappa, facendosi luce con la sua mini torcia tascabile a manovella perdente in partenza, in confronto a quella sprigionata da Neon
«Dunque», esordì, osservando il percorso tratteggiato.

«Dobbiamo passare il Ponte Smeraldo, risalire, attraversare il territorio dei tassi cercando di uscirne vivi e, se tutto va bene, poco prima dell'alba saremo arrivati».
«Sarà una bella tirata!» commentò Rick.
«Bando alle ciance, ragazzi», disse Bill, sovrastando gli squittii delle ex-vittime. «Andiamo».
Il gruppo attraversò il campo di mele di volata, fermandosi solo per riprendere fiato e aiutare i cincillà a muoversi agilmente per il campo; dopo essere stati rinchiusi in gabbia per mesi e mesi, recuperare le capacità motorie non era certo così semplice. Ci prese posto accanto a Bill, affiancato da Girasole.
«Comunque, prima non mi hai risposto», esordì il cagnolino rivolto a Girasole. «Dove hai preso quella spilla?».
Il vecchio cincillà lo fissò per qualche secondo. Dopodiché sganciò il medaglione e lo porse a Ci.
«Me lo ha regalato mio marito», spiegò Girasole. «Mi disse che mi avrebbe portato fortuna e aiutato a trovare la luce nei momenti più oscuri. Dentro ci incise una frase che avrei dovuto portare sempre nel cuore».
«"Per i fiori come te, che ritrovano la luce del sole, anche dopo l'imbrunire"», lesse Ci, dopo aver schiacciato un microscopico bottone sul fianco destro della spilla e trovato la dedica. «Che romantico! Tuo marito deve essere stato un tipo eccezionale».
«Lo era», replicò il cincillà sconsolato. «Quando morì, decisi di portare la spilla vicino al cuore, in modo che lui ne diventasse la voce».
«Capisco», fece il cagnolino. «È stato questo che ti ha spinto a fidarti di noi?».

«In un certo qual modo», rispose il cincillà dopo una pausa. «È solo che questa storia di Lazzaro mi sembra così assurda».
«Nemmeno noi ci credevamo, inizialmente», intervenne Bill, alzando il muso al fine di osservare meglio la strada. «Ma ti si legge in faccia che sei felice di trovarti all'aperto e assaporare la libertà».
«Questo sì», replicò il cincillà, «ma...».
«Ma hai ancora paura», completò il cane. «Eppure, la luce che tuo marito agognava per te, ti sta proprio davanti. Il tuo padrone, mettendoti in gabbia vi ha privato della libertà e della possibilità di scegliere. Il tuo problema è che hai fatto di questa gabbia, la tua corazza, che è così spessa da non riuscire più a vedere le sbarre».
A queste parole, Girasole non rispose. Fu Ci a salvarla da quel silenzio così pesante, introducendo però un ricordo assai doloroso.
«Posso chiederti come mai tuo marito non c'è più?» chiese infatti il chihuahua. «È morto in un incidente?».
«Una disgrazia», spiegò Girasole con un sospiro. «Venne catturato da una tremenda organizzazione che conduce esperimenti sugli animali. Alcuni dei suoi compagni di cella riuscirono a fuggire, ma lui non era con loro. Dopo un anno di attesa mi arrivò la notizia; era perito sotto i ferri durante un'operazione chirurgica».
«È terribile», mormorò il chihuahua. Poi alzò di poco la voce. «Quando debelleremo l'industria della pellicceria, dovremo pensare a togliere di mezzo anche questo genere di attività».
«Prima pensiamo a come uscire vivi dal territorio dei

tassi», intervenne Bill. Poi, sicuramente, escogiteremo qualcosa in proposito».
«Bill è una forza della natura», spiegò il chihuahua sottovoce, impedendo così al cagnone di arrossire violentemente. «È la leggenda di tutta la valle. Mi meraviglia che tu non lo conosca».
«Be' il Guado dell'Alce è quasi al confine», spiegò Girasole. «Ma sarò ben lieta di ascoltare cosa si dice su di lui».
Entusiasta, il cagnolino prese a narrare velocemente.
E, sebbene Girasole si dimostrò fin da subito scettica su ciò che si diceva circa le origini di Bill, si divertì moltissimo ad ascoltare quel buffo cagnolino, che per attitudine e comportamento le ricordò tanto Mike. Il muro di paura e diffidenza sembrò essere di nuovo in difficoltà.
«Non esagerare», lo ammonì Bill, quando udì Ci narrare a proposito del combattimento di Bill contro un gigante, storia pervenuta al cagnolino tramite una gazza ladra che nidificava vicino alla loro fattoria.
«Non c'è niente di male nel farti apparire più temerario di quanto si creda», replicò il chihuahua. «Sì, ma attieniti alla versione originale», ribatté Bill.
«Un vero portento!» esclamò il vecchio cincillà. «Mike, che era un gran sognatore, lo avrebbe sicuramente idolatrato».
Soddisfatto, Ci sorrise e, cercando di non farsi vedere, colse qualche mela dagli alberi.
«Potrebbe venirmi fame», si giustificò il cagnolino con Girasole.
La brigata superò dunque il campo di mele, prima di giungere ai margini di un ponte in pietra, visibil-

mente pericolante, ma in grado di reggere il loro peso. Bill cercò di evitare accuratamente che Ci distruggesse anche quest'ultimo baluardo, afferrandolo per la collottola e facendogli percorrere il ponte a mo' di cucciolo.
Lontano si stagliava il cimitero cittadino. Un verso stridulo si innalzò fra le lapidi illuminate dalla luna. Ci rabbrividì.
«Gisella», mormorò Rick con un sorriso mesto. «La nostra amica oca. È sempre la solita, ogni volta che vede la luna si commuove e... canta».
«Se le piace cantare ha tutto il mio appoggio», replicò Ci, sollevato; per quanto detestasse ammetterlo, la storia dell'Abominevole Creatura non aveva cessato di terrorizzarlo.
«Sempre che quello si possa chiamare canto», fece Lardo, ridacchiando.
«Ha ancora molto da imparare», borbottò Bill, posando Ci. «Ma è piuttosto furba. Ti ricordi quando ti ha battuto a scacchi?».
Il gatto miagolò sornione.
«Lo ricordo bene», replicò il gatto. «Le oche sono animali molto intelligenti. L'uomo le ha prese come simbolo di stupidità a causa di tutte le idiozie che ha scritto con le sue penne».
«Hai perfettamente ragione, amico», fece Rick.
«Lo sai che sotto i ponti ci vivono i troll?» mormorò Pallino, fermandosi. Stava volando a qualche metro da loro, ma visto il buio prorompente, aveva deciso di posizionarsi in fondo alla fila, sperando così di evitare di finire contro qualche alveare. A quel punto, i tassi sarebbero stati l'ultimo dei loro problemi.
«I troll?» chiese Ci in un soffio.

«Sì», rispose Pallino con forza «Devi sapere che una volta ho letto...».
«Buonasera», li salutò una cordiale voce squillante. «Bel chiaro di luna, non trovate?».
Il gruppo alzò lo sguardo verso il cielo trapunto di stelle. Un pipistrello dal sorriso furbetto e con le ali venate di azzurro, li osservava incuriosito.
«Arghh!» strillò Pallino, nascondendosi dietro un imbambolato Ci. «Aiuto! Un piccolo di drago!».
«Drago?» chiese il pipistrello confuso. «No, io sono un pipistrello, mi chiamo Pitt. Piacere di conoscervi».
«Scusaci», sospirò Bill, con un cenno del capo. «Ignora quell'alieno, ti prego».
«Io non sono un alieno!» esclamò Pallino arrabbiato. «È voi non fatevi incantare. È un drago!».
E, facendosi coraggio, si tolse lo zainetto e tirò fuori il suo Super Cattura Draghi; piantandosi di fronte a Pitt, divaricò le zampe a mo' di lottatore di sumo.
«Non mi fai paura!» esclamò la cinciallegra. «Finalmente mi trovo faccia a faccia con uno di voi. Preferisco morire, piuttosto che lasciarvi vagare senza ritegno nella nostra valle! Fatti sotto se hai coraggio!».
Il pipistrello continuò a fissarlo preoccupato. Scosse la testa e pensò di rivolgersi al resto del gruppo, convinto di trovare fra di loro qualcuno più sano di mente.
«Che fate in giro a quest'ora?» chiese in tono cordiale. «Pensavo che animali diurni come voi filino dritti al mondo dei sogni per le otto».
«Infatti», replicò Lardo, tirando su col naso. L'umidità circostante gli aveva procurato un leggero raffreddore. «Ma abbiamo dovuto...».

E si lanciò in un lungo racconto circa il salvataggio dei cincillà, cercando di ignorare le occhiate eloquenti di Bill, che lo spronavano a essere sintetico e discreto.
«Interessante», costatò Pitt, accarezzandosi il buffo papillon che gli copriva mezza faccia. Gli occhietti verdognoli guizzarono verso i fuggiaschi. «Siete molto coraggiosi e vorrei darvi una mano».
«Non vedo come», replicò Rick.
«C'è un modo», rispose Pitt. «Signor Lancillotto, deve imparare ad avere fede».
«La ringrazio per l'appellativo», disse Rick in fretta, sperando che Ci non si intromettesse, lasciandosi andare a fantasticherie romantiche delle quali non avevano affatto bisogno. «Ma...».
«Dovete sapere», lo interruppe il pipistrello. «Che Il Passo dei Tordi è crollato. Sarete costretti a passare per lo Stagno del Principe se volete raggiungere Il Colle dei Rovi prima dell'alba».
«Per le rughe di Re Teoden!» esclamò Rick a fiato mozzo.
«No, ti prego, dimmi che non è vero», fece Bill, scuotendo la testa.
«Ci mancava solo questa», mormorò Lardo, con un sospiro rassegnato.
«Si può sapere che succede?» chiese Ci, guardando i compagni con le sopracciglia aggrottate. «E dove sarebbe questo Stagno del Principe?».
«Qui vicino purtroppo», rispose Rick, cercando di destare Pallino dallo status di "Berseker Piumato" a scossoni.
«Oh, non importa», disse il cagnolino, giungendo le zampine e fissando il papillon di Pitt ammirato.

«Dove lo hai preso?» chiese indicandolo.
«Questo?» domandò il pipistrello toccandolo. «L'ho trovato in un cassonetto dei rifiuti. Faceva parte dell'abito di una bambola. Ho pensato che potesse darmi un'aria simpatica e ho preso a indossarlo».
«Hai fatto bene», replicò Ci con un sorriso. «Sai, a me piacciono molto i vestiti e sto imparando a cucire... qui dovrei avere...».
«Avrete il tempo di parlare di questo un'altra volta», disse Bill trascinandolo via. «Ora abbiamo una missione da compiere e se non ci sbrighiamo, tutto ciò per cui abbiamo lottato finora sarà stato vano. Grazie per le indicazioni».
«Non c'è di che. A presto, miei impavidi eroi», li salutò Pitt, dileguandosi nella notte. «Spero che la vostra impresa abbia esito positivo».
Pallino si riscosse.
«Dove vai?» gridò, vedendolo svanire nell'oscurità. «Vigliacco! Torna qui e combatti da uomo ehm, volevo dire da drago!».
Lardo cercò di soffocare una risata.
«Muoviamoci», li esortò Bill. «Spero di arrivare e superare lo Stagno di Principe con ancora qualche neurone funzionante».
«Ma si può sapere chi è questo Principe?» chiese Ci.
«Ti sembrerà strano», rispose Rick. «Ma tu e Pallino non siete nulla in confronto a lui».
Ci si accigliò, desideroso di saperne di più.
Giunti nei pressi di quella che sembrava una palude, Bill sembrò recuperare la tranquillità.
«Sembra non essere in casa», sussurrò concitato. «Magari riusciamo a...».
«C'è qualcuno?» domandò una voce strascicata, che

sembrava appartenere a un vecchietto un po' ubriaco. «Bill, sei tu?».
«Dicevi?» chiese Lardo sarcastico.
Un fruscio fra i canneti accompagnò l'ingresso di un cigno piuttosto grosso, dalle piume così lucenti e sane da riflettere il chiarore lunare. Era avvolto in quella che sembrava una stola d'ermellino, mentre una corona arrugginita gli sormontava il piccolo cranio scivoloso.
«Bill!» esclamò individuando il cane. «Sono così felice di rivederti, come stai?».
Il cigno pareva non essersi accorto della presenza dei cincillà e del resto del gruppo, poiché disse: «Che ci fai qui tutto solo?».
«Infatti», replicò Bill titubante. «Cosa ci faccio qui tutto solo? Sarò meglio che me ne torni a casa».
«Ciao», Ci salutò allegramente il cigno. «Io mi chiamo Ci, piacere di conoscerti».
Bill scoccò al chihuahua la peggior occhiata assassina della storia.
«Ci, non...», provò a sussurrargli secco.
«Piacere mio», rispose il cigno. Poi, individuando gli altri, sorrise. «Oh, ma guarda. Lardo, Rick, Pallino ci siete anche voi, che bella sorpresa!».
«Eh, già!» esclamò Lardo, con un mesto sorriso. «Come stai, Principe?».
Ci si voltò verso il cigno.
«Allora sei tu!» esclamò il chihuahua, facendo correre gli occhi dalla stola alla corona. «Non ci credo! Non dirmi che sei un vero...».
«Principe!» completò l'uccello con grazia.
«Wow!» esclamò Ci con gli occhi fuori dalle orbite.
«Stupendo, sì» disse Bill in fretta. «Ci, abbiamo una

certa urgenza».
«Ma Bill», replicò il cagnolino, giungendo le zampe. «Non mi è mai capitato di conoscere un vero principe».
«Lo sai che una volta ha persino sconfitto un drago?» disse Pallino, scampando per un soffio di finire nella pancia di Lardo, trattenutosi grazie a Rick. Nemmeno a dirlo, ma era l'unico nella valle a dar credito a quella storiella inverosimile.
«Davvero?» chiese Ci ancora più entusiasta. «Ma come sei finito nel corpo di un cigno?».
«Perché narrare» rispose Principe. «Quando posso cantare?».
Il cigno si sistemò comodamente su una foglia di ninfea e schiarendosi la voce, intonò:

"Saran cent'anni almeno,
che il mio vero volto si cela nel mistero.
Una fata, bella ma con me arrabbiata,
sul mio viso vermiglio la sua bacchetta posò.
Fu allor che con un ghigno irridente, il suo incantesimo a meraviglia funzionò.
Ricordi lontani divennero dunque, i miei capelli di grano splendente,
i miei occhi di lago d'estate
e il mio viso scolpito dalle sorelle fate.
"Un cigno tu sarai" ella disse. "Fino a che il bacio di una principessa riceverai,
altrimenti così resterai fino al tramonto del tuo ultimo giorno".

Rick simulò uno svenimento.
«Che storia commovente!» esclamò Ci, asciugandosi

gli occhi con un fazzoletto che sembrava aver materializzato magicamente. «Quindi devi trovare una principessa».
«Non una semplice principessa», gli rispose Principe. «Una vera principessa. Devi sapere che al giorno d'oggi è pieno di donne che millantano regalità».
«Ma non dicevi di averla già trovata?» chiese Pallino, che sembrava non rendersi minimamente conto dello scorrere inesorabile del tempo.
«Eh, sì», rispose Principe, arrossendo leggermente. Voltò lo sguardo verso una canna fumaria in rovina. «La mia amata è rinchiusa fra le mura di quella torre».
Ci tirò fuori dal marsupio il suo inseparabile binocolo e lo puntò nella direzione indicata da Principe.
«Non la vedo», disse deluso.
«Chissà perché!» lo canzonò Lardo.
«La mia principessa sta riposando», rispose prontamente il rospo.
«E perché non viene a baciarti?».
«È prigioniera», rispose Pallino per lui. Fissando Ci come una mamma che tenta di spiegare qualcosa di ovvio a un piccino, proseguì. «Vent'anni fa, un malvagio stregone attaccò il regno di suo padre e la rapì. Da allora, trascorre malinconica le sue giornate tessendo e disegnando, nella speranza che lo stregone cambi idea e le renda la libertà che tanto brama. Quando questo accadrà, riceverò il suo bacio di vero amore, la maledizione si interromperà e tornerò il principe che ero un tempo».
«Mi descriveresti la tua amata?» chiese Ci, talmente rapito da quell'assurda storia da non rendersi conto dello scorrere del tempo.

«Una creatura incantevole, mio piccolo amico», rispose Principe compito. «Ha dei lunghi capelli color bosco d'autunno e occhi simili a gemme di ambra. Un regale paio d'occhiali si poggia poi sul suo morbido nasino».

«Fantastico!» esclamò il cagnolino.

«Aspetta», fece il cigno, frugando con il becco fra le pieghe del mantello. Tirò fuori un fazzoletto di seta un po' sgualcito, su cui era ricamato il profilo di una giovane donna molto somigliante alla principessa descritta; in braccio teneva un pupazzo a forma di cigno.

«Wow», fece il chihuahua, osservandolo. «Caspita, avevi ragione è davvero bellissima!».

«L'ho trovato nella spazzatura», disse l'uccello con affetto. «Comunichiamo così, a volte. È il rinnovo della sua promessa».

Rick scosse la testa, imbarazzato.

«Non puoi fare qualcosa?» gli chiese Ci, voltandosi. «Tu hai letto tantissime storie sulle principesse. Sono sicuro che potresti aiutare Principe a rompere il sortilegio».

«Mi dispiace, amico mio», intervenne il regale cigno. «Ma il solo modo per spezzare la maledizione è il bacio di una principessa».

«Spero che arrivi presto, allora», mormorò Ci in tono solenne.

«Anch'io piccolo».

«Non vorrei interrompere,» disse Bill ansioso, «ma...».

«Oh, i cincillà?» lo interruppe Principe, sbirciando gli ingialliti canneti dietro i quali i fuggitivi avevano cercato di celarsi. «Sì, Marietta me ne ha parlato stamattina. Mi ero totalmente dimenticato di loro. Be',

buona fortuna, allora».
«Grazie e altrettanto!» replicò Bill e, afferrando Ci per la collottola, lo depositò alla testa della fila.
«Che simpatico quel cignetto», commentò il cagnolino mentre riprendevano il viaggio. «La vita non deve essere facile per lui».
Bill lo guardò di traverso. Ci era un cane piuttosto stralunato, ma che fosse così credulone non lo avrebbe mai pensato.
Il gruppo riprese il cammino, costretto dopo circa dieci metri a utilizzare un pontile dall'aria piuttosto pericolante. Bill faticò moltissimo nel convincere gli amici a non rendere la traversata più difficile di quanto non fosse già. Rick, facendo appello ai suoi santi "Elfi Padrini", si trattenne dall'appallottolarsi, sicuro com'era che al minimo cedimento, avrebbero avuto bisogno di una gru per rimuoverlo. Dal canto suo, Lardo, a causa dell'occhio mancante e dei problemi con la profondità da esso derivati, inciampò diverse volte, rimanendo impigliato fra le corde che costituivano il ponte. Fu costretto a retrocedere e riprovare, tanto da rallentare il gruppo.
Giunti che furono presso il Colle dei Rovi, residenza estiva dei tassi, riuscirono ad avanzare per parecchi metri tanto che alla fine, Ci esclamò rivolto a Bill:
«I soliti esagerati! Questo posto è un mortorio. Secondo me i tassi non esistono nemmeno».
«Smettila!» lo redarguì il cane. «E abbassa la voce, vuoi farci scoprire?».
«Io avrei un'idea migliore», replicò Lardo sornione. «Visto che siamo in tanti, finiranno per sentirci. Un diversivo ci farebbe comodo».
Ci fu sopraffatto da occhiate voraci.

«Scordatevelo!» protestò il cagnolino, accigliandosi. «Non farò da esca e non entrerò lì dentro nemmeno per cento vite da modello!».
«Andiamo Ci», replicò Bill con fare paterno. «Hai detto che non ci credi, cos'è i tassi invisibili ti mettono in difficoltà?». In realtà, nessuno di loro aveva l'intenzione di trasformarlo in un dessert, ma il fare da esca lo avrebbe reso più cauto, giovando così alla compagnia.
«Io dico che ha solo bisogno di incoraggiamento!» esclamò Lardo e così dicendo, ignorando una muta protesta da parte di Bill, afferrò Ci per la collottola e lo spinse in pieno territorio nemico.
«Argh!» gridò il cagnolino.
«Sei impazzito?» chiese Bill infuriato.
«Be', eravamo d'accordo, no?» replicò il gatto, falsamente contrito.
«Sì...ma...», balbettò il cane preoccupato.
«Tranquillizzatevi», intervenne Rick. Aprì un varco fra l'erba alta, attraverso il quale era possibile sorvegliare il chihuahua.
Mentre Ci attendeva pietrificato dalla paura l'arrivo dei suoi carnefici, Bill e gli altri aiutarono i cincillà a guadare il territorio nemico, guidandoli verso una sicura pianura oltre la quale brillava speranzosa la luce che Paul aveva posto a identificazione. L'alba sembrava in procinto di spuntare e qualche impavido uccellino si arrischiava in minuti cinguettii.
Pallino e Rick si offrirono volontari per far da scorta ai fuggiaschi che, tremando anch'essi di paura, vennero posti sotto una roccia, il cui muschio era cresciuto come a formare una sorta di tendina. Lardo e Bill, invece, stavano per muoversi al fine di

recuperare il loro sfiancante compagno, quando due essere giganteschi, dagli occhi gialli e luminosi come i fanali di un'auto, individuarono Ci e si piazzarono di fronte a lui.

«Bene, bene, bene», esordì il tasso più grosso, una canaglia chiamata Browing, dal muso sfregiato e le zampe corte. «Non è un po' presto per colazione?».

«Infatti», replicò il suo compagno che si rivelò essere Betulla, la matriarca più rispettata e favorita fra le presenti e passate generazioni di tassi che avevano popolato la valle. Era la signora incontrastata del Colle dei Rovi e il dominio di quelle terre era un suo diritto di nascita. La sua superbia e vanità erano presto divenuti l'argomento più gettonato fra i pettegolezzi. «Ma forse hanno voluto farci un regalo!».

«No, signora», rispose Ci, battendo i denti. «Stavo solo facendo una passeggiata... ma credo sia ora di tornare a casa».

«Chi è mamma?» chiese un piccolo tasso sbirciando all'esterno della tana. Doveva essere nato da pochi mesi, quindi in anticipo rispetto alla stagione tradizionale. I tassi, infatti, aspettavano l'autunno per figliare. Ammiccò a sua madre e poi a Ci. «Che carino, chi sei?».

Bill schioccò la lingua e fece per andare a recuperarlo, ma Lardo lo trattenne, sussurrandogli:

«Diamogli una chance».

«Ma quale chance?» replicò Bill in tono secco. «La chance di diventare purè di cane prima del sorgere del sole?».

«Sono un chihuahua», rispose Ci, tremando. «Mi chiamo Ci, tu come ti chiami?».

«Snowie», replicò il cucciolo con un sorriso. «Sei

sicuro di essere un cane? Cosa ti sei messo? Oh, no, sei l'Uomo Nero!».
Il chihuahua si accigliò, sicuro di non aver capito bene.
«L'uomo Nero!» fece il piccolo tasso, sgranando gli occhi. «Mi dicono sempre...s e non mangi arriva l'Uomo Nero, se non vai a dormire arriva l'Uomo Nero, se tratti male i tuoi fratelli arriva l'Uomo Nero... alla fine sei arrivato per portarmi via».
«L'Uomo Nero?» chiese Ci, guardandosi intorno terrorizzato. «Oh no. Anche la mamma lo usava con me per farmi stare buono. Allora esiste per davvero?».
«Dunque, non sei tu?» chiese il piccolo tasso sollevato.
«No, no, assolutamente no», replicò il chihuahua, scuotendo avidamente la testa. «Ti ho detto che mi chiamo Ci».
«Allora perché sei vestito tutto di nero?» chiese il cucciolo querulo.
Il chihuahua parve riacquistare un po' di colore.
«Questo?» chiese il cagnolino. «Ti piace? È l'abito che uso per le mie missioni impossibili!».
«Missioni impossibili?» gli fece eco Betulla.
«Sì», rispose il cane. «Ma ne ho altri a casa e un catalogo proprio qui...».
Così dicendo, tirò fuori da una delle tasche esterne una delle sue riviste, che dispiegò a fatica sull'erba.
«Wow!» esclamò Snowie, indicando un completo da spiaggia coordinato di secchiello. «Forte! Me lo compri mamma?».
«Non credo ci siano abiti della tua taglia», fece Browing supponente.
«Questo non è del tutto esatto», provò a replicare Ci.

Ora che l'attenzione generale si era spostata dalle sue succulente interiora, ai suoi adorati abitini, si era miracolosamente tranquillizzato. «Ci sono abiti per tutte le stazze. Basta inviare la propria misura tramite apposito tagliando e il resto viene da sé, comodo, no?».
«Già», rispose il piccolo Snowie, sfogliando la rivista estasiato. «Hai comprato qualche nuovo abito di recente?».
«Ho ordinato questo», disse il cagnolino, indicando un completino invernale con cappuccio imbottito. «Dovrebbe arrivare fra pochi giorni, ormai...»
«Questo andrebbe bene per mia sorella», mormorò Snowie pensieroso. Si voltò verso l'albero cavo che fungeva da asilo e gridò: «Titina, potresti venire qui un momento? Ho da farti vedere una cosa».
«Spero non si tratti di un altro topo morto Snowie! Ne ho davvero abbastanza dei tuoi cadaveri!» rimbombò una voce.
Ci rabbrividì, osservando la piccola Titina uscire goffamente dalla tana. Una spessa e giallastra striscia di pelo le attraversava il dorso, brillando alla luce dell'alba. Anche lei sembrava essere nata precocemente rispetto al normale.
«Ciao!» lo salutò questo nuovo cucciolo. «Sei un folletto?».
«No, veramente sono un chihuahua», rispose il cagnolino. «Mi chiamo Ci. Piacere di conoscerti, Titina».
Snowie mostrò alla sorellina gli abiti sul catalogo di Ci.
«Questo è bellissimo!» esclamò con gli occhi che le brillavano, indicando un vestito rosa da principessa delle fate. «Oh, Ci sei veramente fenomenale! Potresti

restare a vivere con noi? Possiamo tenerlo mamma?».
«Sì», rincarò Snowie. «Possiamo?».
A quel punto, Bill pensò di ignorare gli avvertimenti di Lardo e uscire allo scoperto al fine di recuperare la piccola peste, che sembrava aver appena mandato in un fumo anni e anni di strategie difensive.
«Sono certo», esordì con il suo vocione. «Che Ci preferirebbe tornare a casa con me!».
«Ehi Bill!» esclamò Betulla con un sorrisone. «Ciao, da quanto eri nascosto lì dietro?».
«Da più di quanto immagini», replicò il cane seccamente.
«Buongiorno», li salutò Lardo, emergendo anch'egli dal suo nascondiglio. «Si preannuncia un'alba davvero incantevole, non trovate?».
«Lardo», lo salutò Browing, fingendo sorpresa. «Ma ci sei anche tu... da quant'è che non ci vediamo?».
«Da quando hai cercato di azzopparmi» rispose il gatto con un sorriso sarcastico. «Ma per tua sfortuna, sono stato più veloce di te e sono tornato a casa con tutte e quattro le gambe al loro posto»
«Dai su, avevamo detto senza rancore, amico», fece Browing, ridendo.
«Rancore?» chiese Bill stizzito. «Se l'insonnia fosse un'arma, sareste campioni nel maneggiarla! Quante notti ho passato nel chiedermi quale machiavellico piano avreste potuto architettare per sottrarci la nostra casa!».
«La vostra casa?» chiese Browning sprezzante. «Per cominciare, è tanto vostra, quanto nostra. Il territorio non appartiene a nessuno. Solo gli esseri umani sono stati capaci di mettere le etichette sul suolo terrestre».

«Appartiene al mio padrone!» esclamò Bill, ringhiando. «E il fatto che voi vogliate sottrarcelo, vi rende perfidi e malvagi tanto quanto gli uomini che tanto disprezzate».
«Il nostro espansionismo non è fine a se stesso», ribatté Betulla. «Siamo numerosi e il cibo scarseggia. Nessun animale ha mai sottratto terre a chicchessia per il solo piacere di farlo, come i vostri amici esseri umani».
«Anche gli umani possono avere delle buone ragioni per invadere gli altri», protestò Lardo. «Certo, a queste motivazioni seguono spesso conflitti armati e sanguinari. Ma nemmeno voi sembrate essere più saggi di loro».
«Le nostre motivazioni hanno una matrice pacifica», replicò Betulla prontamente. «Lo abbiamo esternato chiaramente. E poi chi può dirlo? Gli umani hanno veramente le loro buone ragioni di cui parli o sono solo abbastanza furbi da farvelo credere?».
«Posso dire lo stesso di te, mia signora», replicò Lardo, in tono tagliente.
«L'uomo», grugnì Betulla, con una smorfia di disgusto tale da poter essere incorniciata. «Rimane la bestia più pericolosa del mondo. E il vostro servilismo nei suoi confronti mi dà la nausea».
«Non è servilismo», ribatté Bill con calma. «Noi animali non siamo i sudditi di nessuno. Il vecchio Jacob è buono e ci tratta con un rispetto e una devozione che voi potete solo sognare».
«Non mi serve il rispetto di un umano», replicò Browning. «Non voglio il rispetto della feccia della natura. "*Trattali con amore ma non divenirne lo schiavo*", come no! Hanno anche osato scrivere le

nostre leggi quei farabutti!».
Lardo fece una smorfia.
«Sentite non abbiamo intenzione di litigare», fece Bill, con un sospiro. «Almeno non questa mattina. Ci andiamo, forza!».
«Al momento sono leggermente occupato», gli rispose il cagnolino di rimando. Snowie e sua sorella gli avevano fatto un bel po' di pubblicità, tanto che l'intera cucciolata lo aveva attorniato riempiendolo di complimenti, bacini, finti morsi e altri simili smancerie. «Saresti così gentile da ripassare più tardi?».
«Simpatico il tuo amico!» esclamò Betulla. «Come mai viaggia con voi?».
«Il padrone lo ha adottato da poco», replicò Bill. «A prescindere dalla sua stazza, non ha l'attitudine del guerriero, ma ci teneva tanto a venire che non ho saputo dirgli di no».
«Capisco», fece Betulla lentamente. «Non per farmi gli affari vostri ed essendo nemici di natura non vedo perché dovrebbe interessarmi, ma non dovreste essere al calduccio nella vostra amata fattoria quest'ora?».
«Infatti», rispose Bill con forza. «Ma abbiamo avuto un problema, del quale voi siete in parte responsabili!».
Davanti alla perplessità dei due animali, Lardo pensò bene di raccontar loro la storia che li aveva costretti a sacrificare le loro preziose ore di sonno.
«Oh», fu il commento di Browing a fine racconto. «Quindi quella volpe che pensavamo volesse attaccarci era.»
«Fuggita da morte certa, esatto!» completò Bill. «Abbiamo guidato i cincillà attraverso la campagna e

il programma è quello di trasferirli nella Riserva delle Mandragole entro domani sera».

«Sempre che il passo sia libero, si capisce», fece Lardo, con un cenno del mento.

Betulla parve riflettere.

«Non nego che avervi qui sia per la mia famiglia un evento degno di nota», convenne il tasso. «E che uno strudel di cane non mi dispiacerebbe affatto. Ma il vostro amico mi è davvero simpatico e la storia di quei poveri animali mi ha colpito profondamente. In effetti, non fa aumentare il mio disprezzo per l'uomo. Perciò credo sia opportuna una tregua, perlomeno temporanea... tu che ne dici, Browing?».

«Sono d'accordo», approvò Browing. «Ma non fatevi illusioni. Dalla prossima settimana, ricomincia la guerra».

«Di breve durata», replicò Lardo. «Visto che il tempo del letargo è sempre più vicino. Ma apprezziamo lo sforzo».

Betulla si girò con grazia.

«Darò ordine che vi si tenga libero il passo. Qualche tasso potrebbe essere già sveglio e affamato».

«Snowie?» lo chiamò Browing. «Su, lasciate andare Ci, da bravi!».

«Grazie!» fece il cagnolino stremato, ma visibilmente compiaciuto dalle feste dei cuccioli e dalla presenza degli amici. Piegò il giornale e lo ripose in tasca.

«Vieni a trovarci di nuovo, Ci!» lo salutò Titina.

«Sì, e portaci qualcuno dei tuoi vestiti!» aggiunse Snowie.

«Lo farà», gridò di rimando Betulla. «Lui è e sarà sempre il benvenuto nel territorio dei tassi».

«Cosa?» chiesero Bill, Lardo e Ci all'unisono.

«Naturale», replicò Betulla. «I piccoli lo adorano e sarebbe un vero peccato privarli della sua compagnia».
«Vorrai dire della sua carne prelibata», la corresse Lardo.
«No, no», ribatté il tasso, scuotendo gentilmente la testa. «Quando vorrà venire, se vorrà, sarà trattato con tutto il rispetto che merita un piccolo, grande eroe come lui».
Ci spalancò la bocca incredulo ma di fronte allo sguardo fermo e convinto di Betulla, abbozzò un sorriso. «Grazie, signora Betulla», disse educatamente il chihuahua, giungendo le zampine e riacquistando la leziosità che lo caratterizzava. «Verrò senz'altro».
Il tasso ricambiò il sorriso e voltandosi verso Browing esclamò: «Datti una mossa, sacco di pulci. La strada non è impervia, ma i nostri compagni hanno bisogno di una guida efficiente».
Il tasso fece loro cenno di seguirlo.

UNA NUOVA CASA

«Da non credere!» fu il commento prorompente di Bill non appena Browing li ebbe lasciati nei pressi della fattoria. «Anni di piani, strategie e simili quando poi per farseli amici bastava un catalogo e una manciata di stoffa colorata».

«Non è una semplice stoffa colorata!» protestò Ci, ignorando le risate silenziose di Lardo. «È alta moda, e perché tu lo sappia, si prendono molte più mosche con il miele che non con l'aceto!».

Lardo ridacchiò sottovoce.

«Per me sono solo pacchianerie!» esclamò Bill, mettendo da parte l'irritazione. Un po' ferito nell'orgoglio lo era, ma dopotutto la piccola peste era riuscita dove lui aveva fallito. Portarlo con loro non si era rivelata un'idea folle, dopotutto. E aveva confermato la teoria sul valore contenuto nel più piccolo degli esseri.

«Ehi!» fece cenno loro Pallino. «Ma dov'eravate finiti?».

«Chiedilo a lui», fu la risposta laconica di Lardo.

Pallino fissò Ci senza capire. Il cagnolino si lanciò dunque in un racconto ai confini della realtà, esagerando nei particolari e lodandosi in maniera spropositata.

«Davvero ti hanno nominato membro onorario?» chiese Rick, strabuzzando gli occhi.

«Esatto», replicò Ci, gonfiando il petto. «E non sono affatto cattivi come me li avevano descritti. I loro cuccioli sono adorabili».

«Chi l'avrebbe detto!» rise Rick scuotendo la testa. «Questa diventerà un classico, credete a me, il nostro Ci, la leggenda della valle. Fatti da parte Bill,

hai un concorrente».
Il cane replicò scoccandogli un'occhiata truce.
«Stavi per fartela sotto, però», lo schernì Pallino, un po' deluso dall'assenza dei draghi nel racconto dell'amico. Aveva sempre pensato che i tassi fossero loro amici. «Confessa».
«Puoi giurarci», ribatté il chihuahua. «Quando mi sono ritrovato nel loro territorio da solo e li ho visti venire verso di me, ero sul punto di perdere i sensi. Ma ho deciso di reagire con freddezza, nonostante la loro minacciosa presenza. I loro occhi lampeggiavano come i fanali di un'auto impazzita, gettando il loro sguardo sanguigno sulle mie povere carni. I loro artigli rilucevano argentei alla luce dell'alba...».
«Ci, sei il mio eroe!» lo lodò Stewart. «Io non sarei mai riuscito a essere così fermo come hai fatto tu».
«Parola mia», esordì Girasole. «Aspetta che lo sappiano anche al Guado dell'Alce. Abbiamo un gruppo di corvi che hanno una vera e propria predilezione per storie come la tua. Potrebbero anche decidere di farti una statua!».
«Meglio di no», borbottò Bill. «Le statue con le piume non sono affatto stabili!».
«Ti ricordi quando Ludovico e Gertrude volevano farne una anche a te?» intervenne Lardo, citando la coppia di corvi, grandi amici di Guglielmina.
«Sì», replicò il cane lentamente. «E per poco non ci hanno rimesso penne!».
«Dai Bill», provò a consolarlo Ci. «Non essere invidioso. Tutti abbiamo diritto a un momento di gloria».
«Soprattutto uno come te», gli rispose Bill. «Tuttavia, devo riconoscere che sei stato coraggioso e una tua amicizia con i tassi non può far altro che giovarci».

«Così sei contento di avermi portato?» chiese il chihuahua speranzoso.
«Non ti allargare», lo ammonì il cane. «La nostra avventura non si è ancora conclusa. Hai distrutto la galleria...».
«Ho detto che non l'ho fatto apposta!» lo interruppe Ci deluso.
«Lasciami finire», replicò Bill. «Hai distrutto la galleria ma se non fosse stato per te e per la tua dialettica romantica unita all'innata capacità di farti voler bene da chiunque, a quest'ora saremo ancora da Nero, cercando invano di addolcire i cincillà. Quindi, contando quest'ultima impresa e i tassi, sì, devo dire che mi hai soddisfatto».
«Urrà!» esultò il cagnolino. «Urrà! D'ora in avanti dovranno chiamarmi "Ci, il temerario, paladino dei deboli e amico degli ultimi. Che con la forza delle sue parole ha sconfitto la reticenza dei tassi e riportato la pace nella valle"!».
«Sì, se riusciranno a ricordarselo il tuo nome», mormorò Lardo sarcastico, osservandolo correre alla testa del gruppo per raggiungere Pallino e gli altri. Poi si rivolse a Bill. «Come ti dicevo, ai piccoli bisogna sempre dare fiducia, non sai mai quel che possono portare».
«Per la maggior parte un sacco di problemi», completò il cane, mentre Ci si metteva in posa per un finto servizio fotografico. «Ma devo dire che mi ha stupito...».
Un familiare abbaiare interruppe le riflessioni di Bill.
«Chi è là?» chiese una voce strozzata, sovrastando il furioso abbaiare.
«Niente paura, Leone», gridò Bill di rimando, rico-

noscendo la voce. «Siamo noi, siamo tornati».
Il gruppo andò incontro ai quattro cani, che li accolsero con gioia.
«Missione compiuta a quanto vedo», commentò Pampa, fissando i cincillà, le cui occhiate intimorite lo spinsero a esclamare: «Niente paura, piccoli! Siamo amici».
«Non volermene», intervenne Girasole. «Ma avrei qualche perplessità».
«Dici che possiamo fidarci?» chiese una cincillà allampanata a Stewart.
«Non lo so, Rebecca», replicò l'animale. «Ma il mio istinto mi dice che possiamo fidarci».
«Abbiamo moltissime cose da raccontavi», disse Ci, mentre Koda li guidava in un buio antro che fungeva loro da cuccia. «Sono diventato una celebrità».
«Come?» chiese Ruby, mentre trafficava con alcuni vecchi barattoli di Nutella rigonfi di zuppa; era frutto delle prodigiose mani di una vecchia signora che, avendolo preso in simpatia, lo riforniva di zuppe rinforzanti una volta a settimana.
«Ha fatto amicizia coi tassi», spiegò Bill, prendendo un pezzo di rognone che il doberman gli offriva. Con la fame che aveva, lo divorò in cinque secondi.
«Siamo riusciti ad attraversare il loro territorio grazie a lui», fece Lardo con la bocca piena, che sebbene si tenesse a distanza di sicurezza, fu trattato gentilmente con una scatoletta di aringhe. «È diventato membro onorario del territorio dei tassi».
«Per i baffi di Lenin!» esclamò Koda, allungando a Pallino briciole di pan di zenzero. «Seriamente?».
«Sì», replicò Ci, con aria tronfia. «Li ho messi k.o. a colpi di catalogo!».

«Straordinario», fu il commento di Pampa. Poi si rivolse a Bill. «Direi che lo abbiamo sottovalutato».
«La strada per un vero e proprio trattato di pace è lunga», replicò Bill. Poi si voltò verso Ci, posandogli una zampa sulla spalla. «Ma grazie a lui e ai suoi ridicoli abiti, adesso non è più solo un sogno».
«Tu sei un vero eroe, compagno Ci», lo lodò Koda con sguardo fiero. «Sei riuscito dove noi, che da sempre ci definiamo valorosi, abbiamo fallito».
«Grazie!» esclamò il cagnolino con un inchino.
«Siamo stati fortunati», fu il commento di Girasole. «Ma sono ancora perplessa, non ve la prendete».
«Non avere paura, mia cara», le disse Ruby. «La mia padroncina, ovvero ex-padroncina, mi ha dimostrato che la paura può offuscare la mente e corrompere il cuore. Lasciati andare, perché gli atti e le decisioni prese con l'amore, non sono mai sbagliate».
A queste parole, Girasole si toccò ancora la spilla, che riluceva dorata e brillante alla luce dell'alba. Bill la vide fare un sorrisino e sperò con ogni fibra del suo essere, che quel muro di diffidenza stesse faticando a tenersi in piedi.
«L'alba è vicina», mormorò poi Pallino, alzandosi in volo.
«È vero», constatò Rick, togliendosi di dosso briciole di frutta secca. «Posso sentire il rombo degli zoccoli del cavallo della Nebbia Mattutina. Oh, Strega del Cielo, mai ti conobbi».
Gli animali si fissarono senza capire. Poi, il riccio parve tornare sulla terra, poiché disse: «Coraggio, svelti a rifocillarvi o il padrone si accorgerà della vostra assenza».
Lardo aiutò gli amici a finire di mangiare, mentre Ci

si prendeva i meritati onori.
«E la galleria?» chiese Girasole sottovoce, rivolgendosi a Bill. «È distrutta, quando pensi di dirglielo?».
«Non oggi», rispose Bill, osservando il chihuahua mentre si faceva prestare da Koda alcuni libri sugli eroi russi che aveva trafugato dalla biblioteca pubblica. «Abbiamo altro a cui pensare».
«Che bello!» esclamò Ci, facendo scorrere le zampe lungo le lettere in rilievo. «*Fiabe e Favole russe. Vassillissa la bella e altri racconti.* Ti ringrazio Koda, non vedo l'ora di leggerlo».
«Attento», lo ammonì Pallino. «Quelle storie sono piene di draghi... poi mi dicono che non esistono... bah».
Bill si trattenne dall'alzare gli occhi al cielo.
«La libertà è vicina», Leone provò a rassicurare i cincillà che scrutavano ansiosamente il cielo che imbiancava. «Le luci della fattoria sono ben visibili e come dico sempre: "Stai per raggiungere la fine del tunnel, quando riesci a scorgere anche la più flebile delle luci"».
Girasole annuì e, mormorando una preghiera, fu aiutata da un paio di nipoti a rimettersi in viaggio.

«Papà, ti prego cerca di trattenerti!» esclamò Malvina, nel tentativo di impedire a Paul di cantare e annunciare così l'alba.
«Ci sto provando!» replicò il gallo rosso per lo sforzo. «Non è colpa mia se la voglia di cantare è più forte di me!».
«Ma dove si sono cacciati?» chiese Giuseppe, tenendo nervosamente d'occhio l'orizzonte. «Dovevano essere qui già da un'ora».

Il pulcino fissò suo padre con aria ansiosa. Circa cinque minuti prima, aveva afferrato il walkie talkie conferito a suo padre e, smuovendo anche alla più capricciosa delle sue forze, lo aveva sollevato, azionato e intimato a Bill di darsi una mossa.
«Avranno avuto un contrattempo», rispose la sorella, recuperando una pezzuola da un vecchio grembiule e provando a serrare con essa il becco di suo padre. «Quando si tratta di missioni di questo tipo c'è sempre qualche imprevisto!».
«Papà, tieni duro», lo incoraggiò Giuseppe, abbracciandogli le ginocchia, impedendogli così di dibattersi, mentre Malvina procedeva con il bendaggio.
«Per tutti i tuorli!» esclamò disperato Paul, battendo impaziente le ali. «Ma perché...».
«Paul!» gridò una voce in lontananza. «Siamo qui».
«Siamo arrivati!» echeggiò la voce di Ci fra la nebbia.
«Finalmente!» fece il gallo, strappandosi la stoffa di dosso ed esibendosi in un canto a gola spiegata.
Malvina e Giuseppe, stanchi morti e con delle occhiaie spaventose, fecero appello a tutta la loro energia giovanile per accompagnare i cincillà nella stanza di Nino. Beatrice, pronta con la camomilla, si fece largo fra il tripudio di pellicce per offrirla ai fuggiaschi, ora loro ospiti.
«Grazie», mormorò Stewart, abbeverandosi.
Inizialmente avevano avuto paura della nuova sistemazione e di Nino. Tuttavia, l'ambiente familiare che vi trovarono e la bibita sembrò placare il loro tremore, tanto che si sdraiarono cadendo immediatamente addormentati. Anche Lazzaro trovò la forza per alzarsi dal giaciglio e osservarli mentre venivano fatti accomodare, ormai stremati.

«Siete stati grandi», constatò la volpe, non appena l'ultimo fra gli ospiti ebbe preso sonno. Girasole lo fissò per un attimo. Fece per dire qualcosa, ma la bibita la fece crollare addormentata sul cuscino preferito di Nino.

«Dovete raccontarmi esattamente com'è andata. Avete trovato molti ostacoli durante la traversata?».

«In realtà abbiamo scoperto talenti inimmaginabili», replicò Lardo, osservando Ci mentre veniva scortato in cucina da Bill.

Lazzaro lo guardò confuso.

«Andiamo dentro», replicò il gatto, indicando il pollaio. «Sono stanco morto, ma credo di avere ancora abbastanza energia per raccontarti la nostra avventura ai limiti del surreale».

Lazzaro obbedì e, una volta giunti nel pollaio, tese le orecchie, prendendo ad ascoltare il suo romanzesco compare.

«Bill, non trovo le parole adatte per poterti ringraziare... ti dobbiamo la vita».

«Dovere, cara Girasole», fu la risposta del cane. «Siamo animali e come tali difensori di vita. Per noi è stato un dovere, oltre che un immenso piacere».

Era passata una settimana da quando Bill e suoi compagni si erano messi in viaggio al fine di liberare i cincillà. Girasole, con tutta la saggezza dei suoi anni, aveva preferito aspettare che i suoi figli e nipoti si riprendessero prima di raggiungere la Riserva delle Mandragole.

Era lì che si trovavano ora. Il possente Albero della Luce, si stagliava imponente e indomabile in tutto il suo splendore estivo. I tiepidi raggi filtravano fra le

fronde, infrangendosi sul terreno. Le piante di mandragole che vi crescevano attorno, riparate dalla sua ombra, oscillavano lievemente alla piacevole brezza mattutina.
Ci era rimasto affascinato dalle sculture. Volteggiò fra i vari mascheroni, inciampando e finendo a testa in giù nella bocca del gigantesco lupo. Fu Rick a doverlo aiutare a uscire, ma quest'ultimo incidente non gli impedì affatto di proseguire le sue esplorazioni.
«Guarda Bill!» esclamò infatti il chihuahua, indicando un piccolo mammifero simile a un topolino, che trovava rifugio sulla groppa del lupo. «Ci sono anch'io!».
«Ci, quello è un furetto», rispose il cagnone, mentre il cagnolino lo scrutava attentamente. «Non c'entra nulla con te!».
«Ti dico che mi assomiglia», gridò di rimando il chihuahua.
«Non... bah, lasciamo perdere», mormorò il cane. Si rivolse dunque a Girasole, che gioiosa nel suo cappellino di paglia, ottenuto grazie alle abilità sartoriali di Ci, anche se il grosso fiocco decorativo era un po' storto, ma non c'era motivo di avvisare il chihuahua, si guardava attorno estasiata. «Allora, che ne pensi? Meglio della gabbia che vi aveva rifilato il vostro ex-padrone, no?».
«Direi di sì», replicò il cincillà con un sorriso, mentre i suoi nipoti correvano e saltavano di felicità tutt'intorno. «Ti dirò di più. È fantastico!».
Bill sorrise.
Girasole aveva abbandonato del tutto i suoi sospetti, ma in maniera completamente diversa da quella

presentata nell'idea di Bill. Non ci fu assolutamente bisogno della testimonianza di Lazzaro, sebbene quest'ultimo si fosse offerto volontariamente per spiegare loro a quale orrore erano scampati; nel primo pomeriggio, infatti, il loro padrone venne a far visita al vecchio Jacob e, ignorando l'espressione schifata che si era dipinta sul viso del suo interlocutore, prese a raccontargli circa la batteria di cincillà che stava per vendere a una ditta produttrice di raffinate pellicce. Secondo Bill, lo aveva fatto solo per un puerile e sciocco esibizionismo. Il padrone di Nero aveva spesso deriso le fattorie all'avanguardia, definendole "becere manifestazioni da disillusi animalisti della domenica". L'espressione di orrore che si era dipinta sul suo minuto muso, aveva sconfitto in un colpo solo la vacillante testardaggine.
L'istinto proverbiale della vecchia Girasole, che le aveva sempre consigliato di non fidarsi della bestia uomo, l'aveva tradita con la complicità dell'inganno e degli abbagli con cui si mascherano i cuori dei più perfidi fra gli uomini, ma aveva cancellato le sue colpe, permettendole di vedere la bontà e il candore di cui tutti gli animali si fanno custodi e concedendole la fiducia per Bill e i suoi.
«Ti sei pentita della tua impulsività?» le chiese Bill, osservando Ci impazzire alla vista di un cucciolo di foca in braccio alla donna scolpita, secondo lui identico alla sua Principessa.
«No», replicò il vecchio cincillà ridendo. «L'impulsività mi ha salvato la vita. Non voglio mentirti, quindi ti confesso che la paura non mi è passata, ma cercherò di rispettare la voce del mio cuore, la voce di Mike». Tastò il ciondolo, stringendolo. «La libertà mi fa

paura, perché ti dà la possibilità di scegliere, cosa che nella schiavitù ti viene negata. Ma a vedere questo albero, i miei nipoti così felici e la vostra determinazione, mi spinge ad andare avanti e ad avere fiducia nella mia capacità. Se fallirò nell'allevarli, lo avrò fatto seguendo il mio cuore e la voce dell'amore. Ma oso sperare che, come tu mi hai detto, a seguire la voce dell'amore non potrò fallire».
«Hai ragione», ribatté Bill, osservando Ci mentre mostrava a Giuseppe e a Malvina un emù e uno struzzo che trovavano riparo sotto le possenti ali dell'aquila, chiedendosi a chi dei due poteva stare meglio un maglioncino dolcevita. «Ora sta a te dimostrare il tuo valore e cerca di seguire la strada che Mike aveva pensato per te. La strada che porta al sole e alla felicità».
«Qui staremo al sicuro», disse il cincillà, dando un'occhiata all'albero sovrastante. «La casa è il luogo dove ti senti al sicuro. Dal mio ex-padrone eravamo al sicuro, ma era una pura illusione, ora me ne rendo conto. Una sicurezza dovuta all'isolamento. Il questo luogo sento che sarà una sicurezza reale e di verità».
«In questo luogo non avrete niente da temere», intervenne Lardo che dopo l'avventura era dimagrito di cinque chili e aveva dormito per tre giorni interi, tanto da lasciare il padrone assai perplesso e preoccupato. Aveva anche smesso di fare scherzi, un po' perché aveva finalmente realizzato di saperli fare tanto quanto Bill era in grado di risolvere un problema di matematica applicata, ma prevalentemente perché dopo l'avventura coi cincillà, era rimasto talmente impressionato da decidere di

impiegare le sue energie costruendo dei supporti che sarebbero serviti per migliorare la vita di tutti gli animali. Il suo laboratorio era divenuto ancora più bislacco di prima; vi erano mescolate tecnologie del presente, assieme a strumenti del passato. Aiutato da Pallino, aveva anche deciso di dipingere un quadro commemorativo della vicenda.

«Niente più crudeli allevatori?» chiese Lazzaro. Era ancora convalescente, ma grazie alle cure di Beatrice e Guglielmina, era riuscito a evitare che la ferita si infettasse e nel giro di pochi giorni avrebbe potuto riprendere a correre e ad arrampicarsi. Aveva deciso anche lui di stabilirsi nella Riserva delle Mandragole e ora osservava compiaciuto l'Albero della Luce, il custode della sua nuova casa.

«Dopo la perdita di voi cincillà, il padrone di Nero ha dichiarato bancarotta ed è stato costretto a vendere la fattoria al vecchio Jacob», spiegò Rick, strizzando loro l'occhio. Anche in questo caso era avvenuto un cambiamento. Non si poteva certo dire che dopo un'avventura come la loro, non vi fosse stata anche una minima mutazione nei comportamenti di ciascun animale che popolava la fattoria. Da parte sua, Rick aveva deciso di devolvere parte dei suoi giornalini in beneficenza per le associazioni che si occupavano della tutela degli animali. Era in procinto di mettere in atto un piano che gli avrebbe permesso di portare a termine quest'impresa, senza che gli umani lo scoprissero.

«Il nostro padrone l'ha acquistata e l'ha donata a suo figlio», disse Paul, tossendo. Aveva deciso di darsi alla filosofia hippie, seguendo l'esempio della moglie, anche se fare yoga ogni mattina era ancora un'im-

presa. Se la cavava assai meglio con la preparazione di filtri, bevande e derivati omeopatici. «Si è da poco laureato in agraria e ha trovato nella fattoria di Nero terra fertile in cui condurre i suoi esperimenti».
«Speriamo bene», si augurò Pallino. La vicenda con i cincillà aveva toccato anche lui; a parte il progetto di pittura assieme a Lardo, l'incontro con Pitt lo aveva reso ancora più timoroso nei confronti dei draghi. «È sempre stato un tipo strano. Una specie di dottor Frankenstein degli ortaggi».
«Incroci genetici con la verdura?» chiese Ci curioso. «Potrebbe creare una specie di mele giganti!».
«No, credo che l'abbia chiamata "erboristeria alternativa"», lo corresse Bill. «Mah, staremo a vedere. Comunque Nero non stava più nella gioia della felicità. Per il resto, possiamo garantivi che nessuno più vi darà la caccia. Inoltre, la Riserva delle Mandragole è ricca di cibo e sgombra dai predatori. Così potrete vivere liberi senza preoccuparvi delle provviste e al sicuro».
«E Lazzaro, mi raccomando riguardati», disse Ci, con un sorriso. «Perché tu ora ti chiami Lazzaro».
«Porterò questo nome con onore», replicò la volpe.
Girasole s'inchinò.
«Non so come ringraziarvi», ripeté il cincillà.
«Di nulla», fu Ci a rispondere questa volta. «Adempire alle volontà di Ignatius Raicis è stato un vero onore».
«Già», replicò Bill. «Ma non cadere nella trappola dell'odio, Girasole. Gli umani non sono tutti come il vostro ex- padrone».
«Di questo non preoccupatevi», intervenne una cincillà con un fiocco rosa in testa, regalatole da Ci. «La nonna ci ha spiegato che esistono umani come il

vostro padrone, che con hanno allevato animali impavidi e nobili come voi, allora c'è speranza per l'intera razza umana».
Ci rise di gioia.
Con un'ultima riverenza, Bill li osservò sparire nel folto del bosco, seguiti da Lazzaro, dove avrebbero trovato alcune cassette che dei volontari avevano fabbricato per ogni animale in cerca di rifugio.
«Già, c'è ancora speranza», mormorò il cagnone.
Lui, un giovane cane che da sempre aveva difeso la fattoria, si era fatto carico della salvezza di indifesi animali salvandoli dalla morte. Aiutato da una manciata di quelli che non si potevano definire eroi, aveva sfidato l'uomo e la sua crudeltà, riuscendo vincitore. Da quell'esperienza così surreale ma allo stesso tempo intensa e vivida, aveva imparato a non dare nulla per scontato e ora vedeva con chiarezza lo scopo della sua esistenza. Si sarebbe dedicato con ancora più forza alla difesa non solo di ogni animale in pericolo, ma anche nel contribuire al cambiamento dell'umanità, affinché abbracciasse la strada dell'amore, invece che quella dell'odio. Sarebbe diventato un baluardo per la difesa della libertà, uno dei valori per i quali la razza umana si era da sempre battuta, ma che ora negava ai suoi compagni animali. L'uomo riusciva a tenere a freno i suoi istinti e se anche gli era stata data una libertà di scelta illimitata, usava questo dono così prezioso per percorrere la via del male. Il processo che avrebbe portato al cambiamento dell'uomo sarebbe stato quindi, lungo e impervio, tuttavia, dal profondo del suo cuore, sentiva che, finché Ci, Lardo, Rick, Paul e gli altri suoi compagni fossero rimasti al suo fianco,

niente e nessuno avrebbe potuto distruggere il suo sogno per la creazione di un mondo migliore. L'uomo poteva essere superiore nella tecnologia e nella scienza, ma non avrebbe mai raggiunto quella squadra un po' sgangherata di cui lui era tanto orgoglioso.
«Tutto è bene quel che finisce bene», commentò Ci orgoglioso, fissando la gigantesca megattera intagliata, le cui pinne mastodontiche erano incrostate da conchiglie e alghe. Piccoli pesci e crostacei arrancavano a fatica nella sua scia.
«Lo sapevo che ce l'avremmo fatta!» disse Bill. «Nonostante la presenza di esseri, diciamo... non proprio adeguati».
«Vorrei ricordati, che ho messo le fondamenta per un futuro trattato di pace e che se non fosse stato per me a quest'ora...», protestò il chihuahua.
«Vorrei ricordarti che per poco non ci hai fatto rimettere la pelle!» lo interruppe Bill.
«Quisquilie», fece Ci in tono vago, osservandolo con fare sornione. «Non riesci proprio a dirlo, eh?».
«Che cosa?» abbaiò Bill.
«Che sei orgoglioso di me».
Il cane lo osservò. Certo che era orgoglioso di lui! Chi avrebbe mai potuto pensare che quella ridicola peste potesse essere così preziosa? Sì, aveva combinato dei disastri, dei gravi disastri, ma aveva fatto suo l'insegnamento dell'Albero della Luce, esattamente come Bill auspicava. Certo, non sarebbe diventato il condottiero impavido che Bill desiderava all'inizio, ma bastava ricordare le frasi rivolte a Girasole per rendersi conto di quanto fosse prezioso il suo aiuto. Non lo avrebbe cambiato con nessun altro compagno.

Con nessuno al mondo.
Ci parve leggere i suoi pensieri e sembrò soddisfatto di ciò che intuì, astenendosi dal commentare.
Anche lui era uscito un po' cambiato da quell'esperienza; aiutato da Nino, Giuseppe e Malvina, aveva preso a cucire una quantità incalcolabile di coperte che sarebbero state distribuite in ogni angolo della valle, a ogni animale trovatosi in difficoltà durante l'inverno. Le coperte erano ricavate da rimasugli di bandiere, stracci, vecchi maglioni e altri indumenti usati, che il padrone aveva relegato in soffitta, ma Bill era fiero di quell'iniziativa. Aiutava Malvina e Giuseppe a essere più responsabili e aumentato il fervore di Nino, anche se quest'ultimo aveva ricevuto una bella strigliata già dalla storia di Lazzaro, tanto da indurlo, con l'aiuto di Rick, a diventare un lettore a domicilio per gli animali bisognosi e anziani.
«Diamoci una mossa», trillò il cagnolino. «Halloween è proprio dietro l'angolo e ci sono moltissime cose da preparare. Ci serviranno delle miriadi di zucche. Possiamo prenderle dal campo qui vicino, vero? E poi vediamo, candele profumate, stelle filanti, dolcetti, palloncini neri e arancioni, stoffa per gli abiti e ah, ho invitato Principessa. Non vedo l'ora di fartela conoscere, mi raccomando lei è molto sensibile, quindi comportati da gentiluomo».
Bill fece roteare gli occhi. Incontrare una cagnolina esaurita, come immaginava essere la fidanzata di Ci, non lo estasiava affatto.
«Andiamo», disse chihuahua, indicando la strada di casa con un cenno del capo. «Devo prenderti le misure per l'abito da Napoleone che ho intenzione di cucirti. O ne preferisci uno da Giulio Cesare? Va

molto di moda quest'anno, da quando la Chernin Entertainment ha prodotto un nuovo film sul "Pianeta delle Scimmie"».
«Ma guarda che mi doveva capitare!» mormorò Bill, scuotendo la testa con un sorriso mesto.
Con un sospiro profondo, seguì il suo amico giù per il sentiero sperando, illudendosi, in una giornata che si potesse definire tranquilla.

"La grandezza e il progresso morale di una nazione, si può giudicare dal modo in cui questa tratta gli animali".

Mahatma Gandhi

INDICE

Associazione Culturale
Prima edizione: novembre 2019
pav.edizioni1@gmail.com
pavedizioni.files@gmail.com
www.pavedizioni.it